LES TOMBEAUX DE L'ANTARCTIQUE

DU MÊME AUTEUR

1. *La Compagnie des Glaces*
2. *Le Sanctuaire des Glaces*
3. *Le Peuple des Glaces*
4. *Les Chasseurs des Glaces*
5. *L'enfant des Glaces*
6. *Les otages des Glaces*
7. *Le Gnome halluciné*
8. *La Compagnie de la Banquise*
9. *Le réseau de Patagonie*
10. *Les voiliers du Rail*
11. *Les Fous du Soleil*
12. *Network Cancer*
13. *Station fantôme*
14. *Les Hommes-Jonas*
15. *Terminus Amertume*
16. *Les brûleurs de banquise*
17. *Le Gouffre aux Garous*
18. *Le dirigeable sacrilège*
19. *Liensun*
20. *Les Éboueurs de la Vie éternelle*
21. *Les trains-cimetières*
22. *Les fils de Lien Rag*
23. *Voyageuse Yeuse*
24. *L'ampoule de cendres*
25. *Sun Company*
26. *Les Sibériens*
27. *Le clochard ferroviaire*
28. *Les wagons-mémoires*
29. *Mausolée pour une locomotive*
30. *Dans le ventre d'une légende*
31. *Les Echafaudages d'épouvante*
32. *Les montagnes affamées*
33. *La prodigieuse agonie*
34. *On m'appelait Lien Rag*
35. *Train spécial pénitenciaire 34*
36. *Les hallucinés de la Voie Oblique*
37. *L'Abominable Postulat*
38. *Le sang des Ragus*
39. *La caste des Aiguilleurs*
40. *Les exilés du ciel croûteux*
41. *Exode barbare*
42. *La chair des étoiles*
43. *L'aube cruelle d'un temps nouveau*
44. *Les canyons du Pacifique*
45. *Les vagabonds des brumes*
46. *La banquise déchiquetée*
47. *Soleil blême*
48. *L'huile des morts*
49. *Les oubliés de Chimère*
50. *Les Cargos-dirigeables du Soleil*
51. *La Guilde des sanguinaires*
52. *La croix pirate*
53. *Le pays de Djoug*
54. *La banquise de bois*
55. *Iceberg-ship*
56. *Lacusta City*
57. *L'héritage du Bulb*
58. *Les millénaires perdus*
59. *La guerre du peuple du froid*

G.-J. ARNAUD

LES TOMBEAUX DE L'ANTARCTIQUE

LA COMPAGNIE DES GLACES — 60

FLEUVE NOIR

ISBN : 2-265-04640-X
ISSN : 0768-3022

LA COMPAGNIE DES GLACES

Résumé des épisodes précédents

Lentement, la Terre en termine avec la longue période glaciaire qui dura quelques millénaires. Des catastrophes naturelles suivent ce réchauffement : tsunamis énormes, fleuves gigantesques, icebergs démesurés, brouillards d'une épaisseur surprenante. Jadis réfugiés dans les stations ferroviaires, les Hommes du Chaud essayent de s'adapter à une atmosphère plus douce mais n'en continuent pas moins à rechercher richesses, pouvoir, plaisirs. Les Roux, Hommes du Froid, se sont réfugiés dans l'Antarctique pour échapper à la chaleur. Ils mènent une guerre d'usure contre le Guilde des Harponneurs qui finit par connaître des déroutes inattendues.

Là-haut dans le ciel, un énorme satellite géostationnaire, véritable planète en réduction, fabriquée par l'hybridation d'un animal de l'espace et des techniques humaines, n'en finit pas d'agoniser. Depuis des siècles chargé de maintenir sur Terre, au nom de l'Abominable Postulat, une température polaire, il ne va pas tarder à disparaître.

Lien Rag, le héros principal de cette série, et ses deux fils, Jdrien et Liensun, essayent de faire face à cette nouvelle situation. Liensun, le cadet, arriviste mais opiniâtre, songe déjà à une nouvelle société plus dynamique, plus libérale, tandis que Jdrien, le métis et le Messie des Roux, souhaite protéger son peuple des méfaits du Soleil et d'une société trop avide de biens matériels.

Dans ce numéro 60, les destinées de chacun commencent de se définir parfois cruellement. Le retour vers un climat tempéré ne se fera pas sans larmes et souffrances.

PERSONNAGES

Lien Rag : *héros principal de la famille des Ragus, ancien glaciologue, véritable légende vivante.*

Jdrien : *son fils aîné, né d'une Rousse donc métis et considéré comme le Messie des Roux.*

Liensun : *fils cadet, ancien Rénovateur du Soleil, arriviste, ambitieux, étrange.*

Yeuse Semper : *ancienne danseuse de cabaret, amie de Lien Rag, P.-D.G. de la Panaméricaine.*

Le Kid : *Gnome, ex-P.-D.G. de la Cie de la Banquise détruite par le réchauffement, dirige l'île du volcan Titan.*

Gus : *(Lienty Ragus) cousin de Lien Rag, exilé dans le satellite S.A.S. ou Bulb.*

Farnelle : *femme d'action, propriétaire du cargo* Princess.

Ann Suba : *physicienne, ancienne Rénovatrice du Soleil, pilote un hydravion.*

Songe : *ex-Rénovatrice dissidente, a lancé une compagnie de dirigeables, amie de Liensun et femme d'affaires.*

Tharbin : *P.-D.G. du Consortium des Bonzes de China Voksal.*

Kurts : *maître de la locomotive pirate, fut exilé sur S.A.S. avec Lien Rag, décédé.*

Isaie : *médecin douteux n'ayant jamais quitté le satellite S.A.S.*

Palaga : *grand maître suprême de la caste des Aiguilleurs, passe pour immortel, disparu.*

Floa Sadon : *P.-D.G. de la Transeuropéenne, décédée.*

Maréchal Sofi : *maître de la Convention du Moratoire de la Sibérienne.*

Faro : *prêtre illuminé du S.A.S.*

Jael : *demi-sœur de Liensun, amie de Lien Rag.*

Herandez : *dit le Caudillo, dictateur de la Guilde des Harponneurs.*

GROUPES HUMAINS

Les Ragus : *famille originaire du S.A.S., ennemie des Aiguilleurs.*

Les Roux : *primitifs adaptés au froid glaciaire, originaires du S.A.S., issus de manipulations génétiques.*

Rénovateurs du Soleil : *dissidents de la société ferroviaire, divisés en mystiques et scientifiques. Le dégel rend leur idéologie périmée.*

Néo-Catholiques : *principale religion de l'ère glaciaire. Le pape Pie XIII est installé à Vatican II. Ils détiennent bien des secrets, principalement sur la durée exacte de l'ère glaciaire.*

Echafaudages : *colonie rénovatrice du Tibet, abandonnée.*

Caste des Aiguilleurs : *dirigeants occultes de la société ferroviaire, issus du S.A.S.*

Guilde des Harponneurs : *syndicat des chasseurs de baleines, barbares et imbus de leur supériorité, prêts à envahir les autres territoires à partir de leur Etat militaire.*

PRINCIPALES COMPAGNIES FERROVIAIRES AVANT LE RÉCHAUFFEMENT

Africania : *Cette Compagnie regroupe le continent africain, la péninsule ibérique et une partie du Moyen-Orient. Prospère et miséreuse, libérale et dictatoriale, avec un gouvernement central peu efficace.*

La Sibérienne : *de l'ancienne Pologne au Pacifique, du*

pôle Nord à la Chine. Immense, mal connue, en proie au dégel qui la morcelle.

Transeuropéenne : *archaïque, exsangue depuis sa guerre contre la Sibérienne, échappe pour l'instant au réchauffement mais non aux troubles sociaux. Sa présidente Floa Sadon a été fusillée.*

Australasienne : *fédération du Sud-Est Asiatique faite de petites Compagnies, en voie de disparition. Dangereuse, fascinante, ce sera le foyer de la nouvelle civilisation lacustre.*

Panaméricaine : *la plus grande, la plus puissante, organisée de façon sévère. Sa célèbre P.-D.G. Lady Diana était une dirigeante cruelle remplacée par Yeuse. En voie de délabrement à cause du dégel : le Mississippi fait littéralement exploser son territoire. Yeuse est réfugiée en Patagonie Occidentale.*

La Compagnie de la Banquise : *immense Compagnie créée par le Kid sur la banquise du Pacifique, complètement anéantie par le réchauffement.*

Zone Occidentale : *tentative des Roux évolués pour se constituer une nation, mais échec du collectivisme, disparue.*

Pays de Djoug : *pays lacustre à l'extrémité de la Sibérie, en bordure de la mer d'Okhotsk et du Kamtchatka.*

Lacustra City : *s'inspirant du pays de Djoug, Liensun a créé une ville sur la côte méridionale de la Chine, également sur pilotis.*

China Voksal, Market Station : *villes marchandes.*

Nemicie : *New Mikado Company, petite Compagnie où abordent les icebergs-ships.*

Le S.A.S. : *énorme satellite géostationnaire d'où sont issus les Ragus, les Roux et les Aiguilleurs : véritable planète créée par les colons terriens d'Ophiuchus IV à partir du corps monstrueux d'un animal de l'espace, le Bulb, avec imbrication d'une intelligence électronique dans le cerveau de la bête de l'espace. Très délabré lui aussi. Au nom de l'Abominable Postulat, son rôle essentiel était de maintenir la Terre dans l'ère glaciaire afin que les Aiguilleurs conservent le pouvoir.*

Jelly : *monstrueuse amibe du Nord Pacifique, très dangereuse, pouvant s'étendre sur des millions de kilomètres carrés pour se nourrir, phagocytant tout ce qui vit mais semble disparue depuis le réchauffement.*

CHAPITRE PREMIER

Lors de leur arrivée dans cette région désolée de l'Antarctique, où des vents continuels creusaient dans la glace de profonds sillons, les Roux n'étaient qu'une cinquantaine regroupés en deux tribus. Ils s'abritaient de la violence des ouragans dans des igloos à moitié enfouis, mais parfois des icebergs terrestres balayaient ces refuges et emportaient quelques malheureux.

Grelottant dans leurs combinaisons pourtant très étudiées, Lien Rag et son fils Liensun désespéraient se faire comprendre, et surtout faire admettre aux Roux que leur Messie, Jdrien, allait être pendu dans moins de quarante-huit heures par la Guilde des Harponneurs, s'ils n'arrêtaient pas leurs travaux de sape sous la capitale, Leadership Station, et le long du principal réseau, celui de la Reconquête.

Survolant ces régions à très haute altitude, les deux Hommes du Chaud avaient pu découvrir l'ampleur des dégâts causés à la grande station orgueilleuse des Harponneurs. La plupart des édifices, des grands wagons résidentiels, se trouvaient dans des crevasses plus ou moins profondes, et les verrières, coupoles et dômes, étaient si endommagés que le froid polaire régnait en maître, obligeant les habitants, du moins ceux qui n'avaient pu fuir la ville, à se terrer dans des wagons mal chauffés. Les appareils de bord avaient estimé la température à moins cinquante-cinq environ.

— Leur opinion est que Jdrien étant un demi-dieu, se sortira sans mal de cette situation dramatique. Ils ont déclaré la guerre à la Guilde et la poursuivront jusqu'à ce que celle-ci quitte l'Antarctique. Cette guerre est un fait unique dans toute l'Histoire connue des tribus de Roux. Il n'y a pas d'exemple qu'ils aient mené avec autant d'obstination et de réussite une action concertée envers un autre peuple. Il y eut des bagarres dans le temps, des émeutes, mais rien de comparable. Cette volonté collective qui les anime ne peut être discutée par un seul membre des tribus ou même plusieurs. Une magie puissante a été à l'origine de cette union sacrée, dans laquelle Jdrien n'a pu prendre aucune part. Il a décidé d'aller seul essayer de négocier avec la Guilde des Harponneurs, mais les Roux n'ont pas attendu les résultats de cette tentative pour entrer en lutte.

— Rien ne les fera renoncer? demanda Liensun qui venait d'augmenter le chauffage intérieur de sa combinaison, sachant qu'il dévorait plus rapidement de l'énergie alors qu'ils ne pourraient pas rejoindre aisément le dirigeable.

L'*Indépendance* avait dû s'éloigner à cause des vents et trouver une vallée entre deux montagnes pour s'amarrer à l'abri.

— Le sacrifice de Jdrien ferait partie de cette magie? En serait en quelque sorte la nature même? demanda-t-il à son père. Toi qui as vécu avec les Roux assez longtemps quand tu vivais avec la mère de Jdrien, te souviens-tu d'un fait semblable?

— Pour les Roux, il n'y a ni avenir, ni passé. La chronologie des faits n'existe pas. Tiens, par exemple, quand ils abandonnent un vieillard sur la banquise parce qu'il ne peut plus suivre la progression de la tribu, ils pensent que le malheureux va retrouver son passé et en même temps son avenir. C'est très difficile à expliquer quand on raisonne logiquement. Pour eux, Jdrien est vivant et mort à la fois, car un demi-dieu peut être l'un et l'autre. La volonté collective est plus forte que la réflexion sur le sort de Jdrien.

— Quand il était enfant, menacé par Lady Diana dans la Panaméricaine, ils se sont regroupés en milliers pour traverser la banquise du Pacifique et venir le délivrer.

— C'était un enfant. Pas un adulte. Et sa qualité de Messie n'était pas connue comme aujourd'hui. Ce grand rassemblement donna à Jdrien un brevet de déité, si j'ose dire. Les Roux pensent qu'il peut se sortir seul de cette situation, comme il l'a fait lorsqu'il se trouvait dans le corps de Jelly, l'amibe géante. Sans ton aide, il y serait resté, mais les Roux pensent que tu n'as été qu'une sorte d'outil, d'élément extérieur que Jdrien, grâce à ses pouvoirs, a pu se procurer pour se sortir du protoplasma phagocyteur. La notion de chantage que la Guilde exerce sur eux leur est étrangère également. Ils ne comprennent pas qu'en arrêtant de s'attaquer à Leadership Station, ils pourraient sauver la vie de Jdrien. De même la notion de salaire, lorsqu'ils travaillaient sur le toit des stations pour racler le givre, leur échappait totalement. Pour eux, la ville était comme un animal qu'on pourrait tuer, mais qu'on se contente de gratter et qui donne quelque chose à manger, non par reconnaissance ni calcul, mais parce que c'est dans l'ordre des choses. Un phoque donne sa viande et sa graisse, un ovibos femelle son lait. Les animaux ne peuvent faire autrement. La ville du Chaud aussi. Et quand on essayait de les faire travailler plus vite en leur coupant les vivres, ils ne comprenaient pas et souvent s'en allaient. Non par dignité ou parce qu'ils refusaient ce chantage, simplement ils pensaient que la ville était épuisée et ne pouvait plus rien leur fournir, comme une femelle de bœuf musqué dont le lait est tari.

— Alors ce voyage était inutile.

— Je ne savais pas au départ que la volonté des Roux était aussi collective, une et indivisible. Aucun de ceux qui sont en face de nous ne pourrait s'engager pour les autres. Nous ne pourrions tenir compte d'aucune promesse.

Les Roux, pendant la nuit, devinrent plus nombreux, et lorsque le jour se leva et que le dirigeable revint chercher les deux Hommes du Chaud, ils atteignaient le chiffre de quatre à cinq cents individus. Ils avaient partagé les cadeaux, les sucreries, le sel, un peu d'alcool, mais ne savaient plus que dire. Ils ne comprenaient pas pourquoi les deux hommes étaient venus leur parler de Jdrien et de sa mort prochaine. Tout le monde devait mourir, et un Messie comme un autre. Il irait intercéder auprès des différents dieux que les Roux adoraient. Depuis le Loup Rouge jusqu'à la déesse de la Glace Jdrou.

— Tu es le père de Jdrien, tout de même, et à ce titre ils pourraient essayer de t'écouter.

— Dans une communauté rousse, il n'y a pas de père. Les pères sont multiples puisque les femmes couchent un peu au hasard avec tous les hommes. Impossible d'établir une filiation.

— Jdrien est métis. Il a forcément un père de la race du Chaud.

— Non. Jdrou a pu coucher avec plusieurs Hommes du Chaud, pensent-ils. D'ailleurs sur ce sujet ils ne font aucune réflexion précise puisque c'est ainsi et pas autrement.

L'*Indépendance* apparut enfin et les tribus formèrent instinctivement un grand cercle autour des deux hommes qui allaient être treuillés. Dans la passerelle du dirigeable Liensun fut heureux d'avaler une boisson chaude et de la vodka. Il avait grelotté toute la nuit et ne se sentait pas bien.

— Nous devons donc négocier avec Herandez?

— C'est la seule solution qui nous reste.

Les prétentions du Caudillo étaient énormes. Il exigeait la cession de la Patagonie Orientale avec reconnaissance du fait par les différentes Compagnies. Mais il voulait aussi quatre dirigeables et quatre hydravions. Yeuse avait refusé la cession de la Patagonie, disant qu'un jour ses armées repartiraient à la reconquête de ce territoire. Déjà il y avait là une rupture en vue des négociations.

— Je suis très angoissée pour Jdrien. Je voudrais le sauver, mais je ne puis céder un seul mètre du territoire panaméricain.

— Il n'y a plus de Panaméricaine, plus de Compagnie, plus rien, s'était emporté Liensun. Tu ne vas pas laisser pendre Jdrien pour une utopie. Jamais tu ne pourras réunir assez d'hommes, assez de matériel pour te lancer de l'autre côté de la cordillère des Andes.

Mais Yeuse n'avait pas varié dans son refus. Les négociations étaient faites par un Africanien du nom de Matobu. Il se trouvait à Leadership Station pour représenter sa Compagnie qui, depuis peu, achetait de l'huile de baleine à la Guilde. Liensun, Lien Rag et tous leurs amis avaient découvert avec une grande surprise que l'Africania, depuis que le réchauffement provoquait un peu partout cataclysmes naturels et affrontements humains, continuait à vivre comme si de rien n'était. Sa banquise disparaissait, la glace de son inlandsis aussi et beaucoup plus vite qu'ailleurs, sans apporter toutefois les grands bouleversements que l'on connaissait dans d'autres régions. Les grands fleuves n'avaient pas atteint des dimensions aussi destructrices que dans l'Australasienne et la Panaméricaine et, depuis des années, les Africaniens connaissaient un radoucissement général antérieur à celui qui sévissait dans le reste du monde. Avec leur fatalisme tranquille, ils s'étaient organisés dans le calme et rien n'avait changé dans leurs habitudes. Ils manquaient d'énergie ? La Guilde en vendait à prix intéressants, alors pourquoi se gêner ? Et dès lors les échanges entre les deux organisations ne cessaient de croître. Liensun avait connu Matobu dans le temps, ce qui avait facilité la reprise de contact. Matobu avait demandé deux cent mille tonnes de fuphoc en guise de paiement. Cent mille tout de suite, et le reste s'il réussissait dans ses négociations.

Les cent mille tonnes avaient été livrées depuis l'île aux Phoques par l'*Iceberg-Ship 1*, qui avait suivi la route de l'ouest pour atteindre un terminal africanien dans l'extrême sud du pays.

— Il faut que la Patagonie Orientale soit laissée de côté, disait Liensun à son père alors qu'ils étaient face à face devant un déjeuner copieux.

— Quatre dirigeables et quatre hydravions, c'est tout à fait intolérable, répondit Lien Rag. Les quatre dirigeables vont nous coûter le contenu en huile de phoque d'*Iceberg-Ship 2*, et les quatre hydravions devront être payés à la Manufacture Kurts.

— Ann Suba nous accordera bien des délais.

— Herandez sera puissamment armé... Il va s'installer en Patagonie et menacera toujours Yeuse et la Patagonie Occidentale. Nous avons obligé Tharbin et le Consortium des Bonzes à se montrer plus conciliants. Yeuse a chassé Herandez des côtes occidentales, nous avions tous les atouts en mains pour organiser cette partie du monde à notre guise, et voilà que Jdrien est menacé de mort. Nous allons renforcer la puissance militaire de Herandez alors qu'il a été en quelque sorte vaincu, et avoir besoin de Tharbin pour ces quatre dirigeables.

— Nous les payons et il les livre à son copain Herandez, fit remarquer Lien Rag.

— Nous les payons. En tout cela va nous coûter dans les six à sept cent mille tonnes de fuphoc, et Lacustra City est en train de stagner. Nous ne parvenons pas à atteindre les trois cent mille mètres carrés. La route du sud en est à peine à deux cent cinquante kilomètres... Nous végétons alors que depuis la destruction de China Voksal nous n'avons jamais enregistré autant de demandes. Mais en détruisant les usines de montage des dirigeables, nous faisions notre malheur, reconnut Lien-sun.

Tharbin avait demandé un important délai pour la fourniture des quatre dirigeables à Herandez. Pour les quatre hydravions, ce serait plus rapide, cependant Ann Suba n'acceptait pas volontiers l'idée d'envoyer ses appareils au Caudillo. Ce dernier devait expédier une quarantaine d'apprentis pilotes et mécaniciens à l'école de l'air de Lacustra City, mais l'association des élèves venait d'élever une protestation, disant qu'elle boycotterait ces nouveaux venus.

— Tharbin voit le danger que représente Herandez ainsi pourvu de quatre dirigeables et de quatre hydravions, et ne montre aucun empressement.

Quelques jours après le bombardement de China Voksal, Songe obtenait sans trop de difficulté une rencontre entre les bonzes et les quatre associés de l'Omnium du Pacifique. La rencontre s'effectua à Tcheou Voksal, à proximité de Lacustra City. Les bonzes, stupéfaits, apprirent que l'Omnium ne réclamait rien, qu'il désirait la paix et la fourniture de dirigeables et de matériels comme auparavant.

— Votre grande cité a été en partie détruite, dit le Kid. Vous avez perdu plusieurs dirigeables...

— Huit.

— Nous quatre hydravions. Nous ne voulons pas poursuivre les hostilités. Nous sommes même prêts à vous aider à reconstruire la ville et secourir les milliers de sans-logis qui ont dû fuir quand les verrières, dômes et coupoles ont été détruits.

China Voksal, situé bien plus au nord que Lacustra City, subissait encore de basses températures et avait besoin de protéger son air ambiant. Quinze cents kilomètres séparaient les deux métropoles concurrentes. Lacustra bénéficiait de la douceur maritime, alors que China Voksal était loin de la mer.

— Nous ne reconstruirons pas China Voksal à la va-vite, répondirent les bonzes, mais nous acceptons vos aides, surtout vos techniques et vos spécialistes. Nous avons commencé aussi de bâtir dans le nord, au fond de la mer Jaune, dans cette baie très fermée que nous appelons mer de Po-Hai, du nom ancien qui était le sien, un terminal lacustre.

— Voilà donc où passait le bois acheté en pays de Djoug, avait murmuré Liensun à l'oreille de son père.

— Nous avons besoin de conseils et d'aide pour ce travail. Nous regrettons que la tension entre nos deux sociétés ait abouti à cette catastrophe.

— Votre alliance avec la Guilde des Harponneurs ne pouvait être acceptée par nous, répondit le Kid sans acrimonie.

— Nous l'avons dernièrement considérée d'un autre œil. Nous pensons que les Harponneurs ne sont pas encore disposés à construire une nouvelle société, en vertu du réchauffement, et qu'ils restent attachés à des motivations violentes et guerrières qui ne sont pas les nôtres. Mais vous-mêmes vous montriez menaçant et votre monopole sur l'huile de phoque nous gêne beaucoup.

On avait donc rédigé de nouveaux accords et décidé une entente sur les prix de l'énergie pour éviter les trop grandes spéculations ainsi que les pénuries organisées.

Le dirigeable survolait donc l'Antarctique à très grande hauteur mais en évitant de provoquer les batteries de D.C.A. Mais celles-ci étaient pour la plupart dans l'impossibilité de tirer, les réseaux ayant été malmenés par les travaux sous-glaciaires des Roux.

— Mais combien sont-ils, s'étonna Liensun, pour effectuer avec de si pauvres moyens des travaux aussi gigantesques ? Du ciel on a l'impression qu'un énorme animal creuse un peu partout et provoque ces levées de glace dans tous les sens.

— Autrefois, disait Lien Rag, il existait un animal

que l'on appelait la taupe et qui pouvait bouleverser tout un champ de bonnes dimensions. Je pense qu'il y a des dizaines de milliers de Roux en train de creuser des tunnels. Ils n'ont aucune technique mais possèdent un sens très développé d'orientation, et je pense qu'ils commencent un tunnel par les deux bouts, peut-être même que plusieurs équipes forment comme une étoile avec un croisement central pour que l'aération se fasse.

Ils avaient découvert le départ de ces galeries dans les montagnes les plus inaccessibles, au sud de Leadership Station. Des ouvertures faisaient face aux terribles vent austraux qui s'engouffraient dans ces tunnels et en chassaient le gaz carbonique.

— Les Roux affluent du reste de la planète puisqu'il n'y a qu'ici qu'ils sont assurés de trouver la température idéale pour eux. Au cours de la glaciation, la Terre a basculé légèrement sur son axe, si bien que le pôle Nord se réchauffe plus vite, semble-t-il, et les Roux ne pourront survivre là-bas.

Ils purent entrer en communication avec l'Africanien Matobu, leur négociateur, qui ne cacha pas son découragement :

— Le Caudillo ne renonce pas à la Patagonie Orientale. Il veut qu'elle lui soit remise officiellement par toutes les Compagnies concernées.

— Alors nous ne pouvons poursuivre les discussions, répondit Lien Rag, puisque Lady Yeuse est tout aussi intransigeante.

— Puis-je proposer cinq dirigeables et cinq hydravions pour faire oublier au Caudillo sa revendication ?

Liensun sursauta. Avec une telle flotte aérienne, le Caudillo pourrait attaquer la Patagonie Occidentale avec de grandes chances de triompher des armées de Yeuse ; celle-ci restait vigilante et son chef d'état-major, l'ancien colonel Benfield devenu général, avait réorganisé son armée qui désormais pouvait aligner cinquante mille hommes, trois hydravions à demeure, plus six qui pouvaient arriver très vite de l'île aux Phoques.

— De toute façon, le Caudillo restera en Patagonie, et qu'importe pour lui une reconnaissance qui finira par arriver...

— Il y tient énormément.

— Que se passe-t-il dans la capitale ?

— Il va falloir l'évacuer car les effondrements sont continuels, mais il n'y a aucun endroit de sûr sur le territoire de l'Antarctique.

— Dites à Herandez que les Roux sont intraitables. Ils ont déjà accepté l'idée de la mort de Jdrien, et si ce dernier meurt ils en tireront encore plus de foi dans leur guerre. Ils ne renonceront jamais. Leur psychologie est complètement différente de la nôtre et les notions de chantage, d'alliance ou de contrat leur sont étrangères.

— Je vais essayer de convaincre le Caudillo, mais je n'ai plus aucun espoir.

L'*Indépendance* s'éloignait de l'Antarctique en direction du nord-ouest. Liensun ne cherchait pas à gagner Chiloe Station, la capitale de la partie occidentale, mais à être assez près pour qu'un échange radio avec Lady Yeuse fût possible. Il fallut attendre la nuit pour qu'elle réponde enfin.

— Cinq hydravions et cinq dirigeables ? Vous n'allez pas accepter ça ? Vous signeriez notre arrêt de mort.

— Si vous cédez la Patagonie Orientale, nous pouvons réduire ces prétentions à deux dirigeables et deux hydravions.

— Il n'en est pas question.

— Yeuse, dit alors Lien Rag qui s'était tu jusque-là, tu ne peux condamner Jdrien à mort.

— J'en suis désolée, mais les gens ne comprendraient pas. Pour eux nous avons vaincu la Guilde et ils n'en finissent pas de célébrer cette victoire. Si je leur annonce que nous allons renoncer à l'autre partie du territoire, ils vont devenir fous furieux. Or ils sont armés pour la plupart, puisqu'il a fallu le faire pour combattre la Guilde. Je crains une guerre civile. Voilà pourquoi je ne puis accepter la cession de ce territoire. Mais cinq dirigeables et cinq hydravions ce serait de la folie.

— Il faut former des équipages pour ces dirigeables et ces hydravions. Dans le premier cas, cela demandera des années, dans le second, au moins un an. Si bien que Herandez ne pourra utiliser son premier hydravion dans six mois seulement et son premier dirigeable dans un an. Il n'y a pas urgence et, d'ici là, nous aurons acquis une telle puissance que nous pourrons à nouveau surveiller ses intentions. Que tu acceptes la cession ou non, il restera de l'autre côté de la cordillère et te menacera.

— Dans l'état actuel de la situation politique, je ne peux vous donner satisfaction. Je le regrette pour Jdrien, ajouta-t-elle avec un sanglot dans la voix.

Le dirigeable dut aller faire de l'huile dans le sud de la Patagonie où, désormais, une colonie d'éléphants de mer, en provenance de l'île aux Phoques, s'était installée. Elle regroupait près de cinquante mille mammifères marins parmi les plus gros, pas loin de dix tonnes pour certains. La production d'huile avait commencé depuis deux mois à peine, mais les installations n'étaient pas encore complètes. A l'aide d'un très long tuyau le dirigeable remplit ses soutes. Liensun se fit treuiller pour le règlement en or car les dollars, même en territoire panaméricain, étaient fortement dépréciés.

Lien Rag contemplait avec dépit cette nouvelle colonie de phoques, sachant que son île se dépeuplait un peu plus chaque jour au bénéfice de ces régions lointaines où les animaux se trouvaient plus en sécurité. Il faudrait négocier de nouveaux accords avec Yeuse qui, d'un coup, voyait revenir dans le giron de sa Compagnie une richesse appréciable. On estimait qu'avant deux ans l'île aurait disparu, et déjà il fallait trouver un autre emplacement pour la fonderie ainsi que pour les constructions navales. L'*ice-tanker* de cinq cent vingt mille tonnes pourrait bientôt naviguer. Sa première cargaison était destinée au Consortium des Bonzes et serait livrée dans cette nouvelle cité lacustre qu'ils appelaient Tsing Voksal, tout au fond de la mer Jaune. Ceci en paiement des dirigeables et en guise de réparations de dommages de guerre. Serait constituée également dans ce terminal une importante réserve de fuphoc pour éviter les grandes spéculations. Dès que le prix dépasserait les dix pour cent d'un niveau contractuel, on libérerait de grosses quantités d'huile, et si la surproduction faisait baisser les cours, on stockerait les excédents. Des milliers de wagons-citernes étaient dirigés vers cette région et déjà les dirigeants de la Nemicie s'inquiétaient. Jusqu'ici c'était leur Compagnie qui servait de régulateur du marché, mais Jael, la sœur de Liensun, était allée les rassurer. Ils continueraient à percevoir des royalties élevées, car depuis Tsing Voksal l'approvisionnement du sud se ferait mal.

Le lendemain il y eut un autre échange radio avec le délégué africanien qui n'annonça rien de bien nouveau.

— Cinq dirigeables et cinq hydravions ne paraissent pas convaincre le Caudillo de renoncer à la Patagonie. Pourquoi ne pas signer avec lui un acte qui reconnaîtrait que pendant quelques années il pourrait utiliser ce territoire à des fins économiques et fixer aussi le nombre de colons venus de l'Antarctique qui pourraient y émigrer?

— Il y a déjà cent mille personnes qui se sont installées et chassent les autochtones, fit remarquer Liensun. Nous n'allons pas lui accorder un chiffre nouveau. Nous ne pouvons poursuivre ces discussions sous la menace alors que mon frère doit être pendu demain. Dites-le à ce fou de Herandez. Nous allons devoir envisager tout autre chose. Nous avons notre aviation qui est encore très opérationnelle.

— Je vous conseille de renoncer à ces menaces, répondit l'Africanien avec tristesse, car le Caudillo est un suicidaire toujours partisan des solutions les plus extrêmes. Mis au défi, il se cabre et se trouve prêt à n'importe quelle folie sanglante. Pour qu'il m'écoute, je dois sans cesse le flatter et accepter des contrats qui bientôt dépasseront les possibilités de l'Africania. Il veut vendre ses stocks d'huile de baleine à tout prix.

— Nous sommes prêts à lui en acheter, dit soudain Lien Rag.

— Mais c'est de la folie, lui cria Liensun.

Dans ses écouteurs, Matobu était le témoin de cette altercation entre le père et le fils.

— Nous pouvons en acheter un million de tonnes pour commencer. Nous voulons prouver qu'il n'y a plus de monopole du fuphoc. C'est le moment, non ?

— Mais nous allons ruiner l'Omnium, répondait Liensun. Un million de tonnes de balenium et à quel prix ? Nous allons nous endetter pour deux à trois cents millions de dollars.

— Nous pouvons nous le permettre, répondait Lien Rag.

Matobu eut un mal fou à se faire entendre des deux hommes si exaspérés qu'ils donnaient l'impression de vouloir en venir aux mains.

— Je vous en prie... Je vous en prie...

— Nous vendrons en Australasienne et jusque dans le pays de Djoug.

— Et notre huile de phoque ?

— Dans deux ans elle sera vendue par Yeuse. Nous devons trouver d'autres sources d'énergie.

— Je vous en prie, je vous en prie... Il y a là une nouvelle donnée qui a des chances de séduire le Caudillo... Moi je ne puis négocier d'autres contrats pour l'achat de balenium, mais si vous vous proposez à acheter un million de tonnes, je pense que je puis reprendre les négociations sur d'autres bases.

Le père et le fils finirent par entendre l'Africanien et lui firent répéter.

— Les stocks sont si considérables que la Guilde veut vendre à tout prix. De plus elle craint que les Roux, avec leurs travaux de sabotage, ne s'en prennent aux milliers de wagons qui sont garés dans des endroits déserts. Sur des centaines de voies de garage. Peut-être vingt mille, trente mille wagons-citernes, voire plus. Et le Caudillo a besoin d'argent et de matières premières.

— Mais les baleines se font rares devant le complexe.

— Il en reste suffisamment pour satisfaire la consommation locale d'huile. Ils veulent vendre ces excédents sans toutefois casser les cours. Je pense qu'à trois cent cinquante dollars...

— Non, fit Liensun, jamais à ce prix-là.

— Deux cent cinquante, ajouta son père.

— Vous ne pensez pas que le Caudillo soit disposé à vous faire des prix d'amis tout de même. Moi j'achète à deux cent quatre-vingts et à moins de trois cents il ne marchera jamais.

— Pourtant nous n'irons pas plus haut, répondit Lien Rag. Et nous l'enlevons par nos propres moyens.

CHAPITRE II

Benfield regardait sa présidente avec un air songeur qu'elle finit par remarquer. Irritée, elle lui demanda pourquoi il la fixait ainsi.

— Je sais que vous avez pris une décision qui vous déchire. Certes, je ne puis que vous approuver, mais vous condamnez ce garçon à mort. Herandez est une bête sauvage comme tous les Harponneurs et ne manifestera aucune pitié.

— La Patagonie Orientale, dit-elle. Je ne pouvais pas leur abandonner la Patagonie Orientale.

— Tout le reste a été abandonné, la Panaméricaine nord, depuis le pôle Nord jusqu'au Mexique. La Patagonie Orientale c'est des millions de kilomètres de terre submergé par les fleuves et quelques îlots boueux comme le sud autour de Magellan Station.

— Vous auriez voulu que je signe une renonciation sur ces territoires?

— Non, parce que l'opinion publique croit avoir gagné la guerre et ne comprendrait pas. La guerre, nous ne l'avons pas gagnée. Herandez s'est retiré parce que dans l'Antarctique des événements graves le forçaient à rentrer et il a bien pensé qu'il perdrait tout. Nous ne pourrons jamais la reconquérir, de toute façon. Que vous la cédiez ou que vous refusiez, il restera. Il y a plus de cent mille colons qui s'emparent des meilleurs terres, des meilleurs commerces, des industrics ct des négoces.

Il faut reconnaître qu'ils sont animés par une grande ardeur, un enthousiasme que les autochtones et les réfugiés du nord n'avaient plus. Surtout ces derniers qui se laissaient entretenir par la Compagnie. Je ne crois pas qu'il soit dans nos urgences de partir conquérir ces terres alors qu'ici nous avons tant à faire.

— Si je connaissais le moyen d'acheter la vie de Jdrien Rag je l'utiliserais, à condition qu'il ne soit contraignant que pour moi seule.

— Nous avons des prisonniers, deux mille cinq cents environ. Proposez un échange.

— Pour le Caudillo, celui qui s'est laissé faire prisonnier est un traître ou un froussard. Il ne lèvera pas le petit doigt pour en sauver un seul ou pour les récupérer, et eux-mêmes n'y tiennent pas de crainte d'être exécutés. Je ne dispose d'aucune moyen d'échange.

Elle dormit très mal, se leva très tôt pour essayer de travailler à différents dossiers, comme la reconstruction des réseaux, au nord et au sud, que la Guilde avait détruits avant de rembarquer. Elle devrait passer d'importantes commandes, se procurer du matériel d'occasion, des rails, des équipements ferroviaires réformés par certaines Compagnies de l'Australasie. Songe avait promis de s'en occuper et de lui procurer des quantités importantes pour un prix bas. La Patagonie Occidentale devrait vivre de peu, d'une économie de récupération. Mais elle avait une chance qui s'offrait. De plus en plus nombreux, les éléphants de mer quittaient l'île aux Phoques, en face d'Isthmus Station, pour les côtes australes de la Province. Déjà une unité de transformation d'huile avait pu s'installer malgré la proximité du front sud, et fonctionnait à peu près bien. Lien Rag demanderait un autre traité de commerce et cette fois elle saurait imposer ses exigences. Mais elle avait besoin de l'Omnium du Pacifique, de sa technique, de ses moyens, et l'Omnium n'avait pas ménagé ses efforts pour la ravitailler durant la guerre, lui envoyant des hydravions et des dirigeables qui avaient attaqué les troupes de la Guilde.

— Dans le fond, dit Reiner, nous devrions revendiquer l'Antarctique puisque le Caudillo s'obstine à réclamer la Patagonie Orientale. Nous disposons des titres officiels de la CANYST défunte qui nous accordait cette Province. Nous pourrions y débarquer et la reconquérir.

— Il n'en est pas question, dit Yeuse. Nous ne pouvons même pas songer à reprendre la partie occidentale de cette Province-ci.

Le dirigeable de Liensun, l'*Indépendance*, apparut dans le ciel en fin d'après-midi, et profitant de l'absence de vent, réussit à rejoindre le sol sans encombre. Les populations locales étaient désormais habituées à ces moyens de transports aériens et ne leur prêtaient plus aucune attention. Liensun et son père Lien Rag en débarquèrent et se firent conduire à la Présidence. Yeuse, en apercevant le garçon, frémit de tout son être mais fut néanmoins heureuse d'accueillir Lien Rag.

— Le Caudillo a remis l'exécution de quarante-huit heures, mais rien n'est gagné. Nous lui avons proposé d'acheter un million de tonnes de balenium et il a paru intéressé par cette offre. Cependant il ne renonce pas à la Patagonie.

— Vous allez vous approvisionner en balenium? fit-elle, abasourdie. Vous renoncez à l'huile de phoque?

— Nous n'avons rien dit de tel, mais nous aurons un million de tonnes sur les bras. Il est certain que nous devrons nous démener pour l'écouler, même à perte. Et que nous allons devoir interrompre l'acheminement de l'huile de phoque.

— Juste au moment où les troupeaux d'éléphants de mer s'installent chez nous?

— Mais l'île aux Phoques était déjà chez vous, remarqua Lien Rag.

— Tu sais très bien qu'un traité nous liait au Kid ainsi qu'à l'Omnium.

— Très avantageux. Vous n'aviez rien à faire, sinon encaisser deux litres d'huile quand nous en produisions trois.

— Maintenant nous en produirons trois que nous pourrons, si nous le voulons, garder pour nous. Nous comptons fort sur cette richesse pour donner à ce pays un élan économique définitif.

— L'important, dit Lien Rag, c'est Jdrien mon fils. Le reste m'importe peu, et je veux l'arracher à ce Caudillo. J'y mettrai le prix qu'il faudra. S'il me faut deux millions de tonnes, je le ferai, et les *icebergs-ships* seront uniquement réservés au transport de cette huile de baleine. Je sais qu'ils appartiennent à l'Omnium, mais que personne ne s'avise de venir me les réclamer.

Dans la matinée du lendemain, Radio Magellan annonça que les conversations en cours sur la Patagonie Orientale avançaient, et qu'on se dirigeait vers la signature d'un accord qui donnerait la province à la Guilde des Harponneurs, ce qui provoqua de violentes réactions dans la partie occidentale et aussitôt une mise au point de Lady Yeuse.

— Le Caudillo utilise toutes les armes pour parvenir à ses fins, cependant il n'a pas encore gagné.

L'*Indépendance* s'envola à nouveau en direction du sud et s'approcha en fin de journée du terminal de la terre de Graham qu'il survola à grande hauteur. Le trafic avait repris, toutefois avec moins d'intensité que durant la guerre. Des wagons-citernes embarquaient à bord d'un cargo battant pavillon de la Guilde. Les batteries de D.C.A. pointèrent leurs canons vers le ciel, mais le dirigeable se retira vers le large.

— Matobu a du retard dans sa vacation, remarqua Lien Rag. Il devait nous appeler à cette heure-ci.

L'Africanien fut sur les ondes une demi-heure plus tard. Il paraissait soit essoufflé, soit profondément ému.

— Les destructions de Leadership et des réseaux ont repris de plus belle au cours de la nuit précédente, et le

Caudillo a décidé de rompre les négociations. Je n'ai pu l'approcher de toute la journée et il n'y a pas un quart d'heure j'essayais d'arriver jusqu'à lui, ce qui explique mon retard. Les victimes sont très nombreuses et l'opinion publique est si exaspérée qu'elle réclame la pendaison de votre fils. Des manifestations ont lieu en ce moment un peu partout sur les quais dévastés, et c'est vraiment très inquiétant.

— Nous sommes prêts à défendre l'idée d'une Patagonie dirigée par la Guilde, lança Lien Rag à la grande surprise de Liensun. Je suis prêt à plaider cette idée dans toute l'Australasienne et auprès de Lady Yeuse, mais il faut me laisser du temps.

— Je vais voir ce que je peux faire. Evidemment c'est une prise de position très importante. Elle ne peut laisser Herandez indifférent.

— Attention! Si vous laissez la radio de la Guilde répandre cette nouvelle avant qu'un accord ne soit intervenu, je démentirai de la façon la plus énergique.

Matobu dit qu'il allait essayer de rencontrer quelqu'un de l'entourage du dictateur qui pourrait lui faire parvenir le message. Quand il se tourna, Lien Rag ne vit pas Liensun auprès de lui. Le garçon était dans la timonerie et tenait la barre, le regard fixe la mâchoire crispée.

— Tu désapprouves, hein? demanda Lien Rag en se penchant sur l'écran radar.

— C'est de la haute trahison. L'Omnium ne sera jamais d'accord. Tu déclares la guerre à tout le monde et tu ne convaincras jamais personne.

— Si, Tharbin déjà, et pas mal de gens en Australasienne. Je n'ai plus rien à perdre ni besoin de ménager personne. Yeuse a ses raisons, moi j'ai les miennes, et je suis prêt à me battre pour les défendre. Je veux sauver Jdrien à n'importe quel prix. Nous ne pouvons organiser un commando pour l'arracher à sa prison? Alors il faut trouver quelque chose.

— Je ne m'associerai pas à cette action-là. Je vais

rentrer à Lacustra. Je te laisserai à Chiloe Station ou pourquoi pas à Magellan, chez ce sanguinaire de Herandez ?

— Pourquoi pas ?

— Tu es fou... On peut le forcer à renoncer...

— S'il n'y avait pas les Roux, ce serait possible. Mais eux ne cesseront pas le combat tant qu'il restera un Homme du Chaud en Antarctique.

— Alors il faut attaquer les Roux, dit brutalement Liensun, les traquer dans tout l'Antarctique, les brûler au napalm, les décimer à la mitrailleuse. La Guilde est impuissante faute d'appareils volants, mais nous nous en avons. Je vais rentrer à Lacustra et revenir avec une armada. Quand Herandez verra que je m'attaque aux Roux, il se montrera plus compréhensif.

— Tu es encore plus fou que moi. Tu abattras quelques centaines de Roux, et les autres se cacheront dans leurs galeries. Ils peuvent y rester des semaines avec de la viande de phoque tressée et des boules de graisse. Tu sais qu'ils fabriquent des sortes de bâtons en tressant la viande qui ensuite se congèle, et sur ce bâton ils enfilent la graisse de phoque formée en boulettes. Un bâton leur assure jusqu'à trois semaines de nourriture. Que feras-tu ? Tu reviendras inlassablement ? Moi j'offre à ces gens un pays qui ne vaut plus rien, que l'Amazone a pour les deux tiers envahi au nord et qui dans le sud n'est guère en meilleur état.

— Il ne s'agit pas d'une terre déserte. Il y a des millions d'habitants qui subissent déjà une tyrannie sanglante et qui, lorsque ce fou aura les mains libres, seront encore plus terrorisés.

— J'aurai sauvé Jdrien.

— Tu crois qu'il acceptera de l'être à ce prix ? Moi je ne le pense pas. Je le connais assez pour dire que de nous trois c'est lui qui a une véritable grandeur d'âme ; je ne sais si c'est parce qu'on l'a désigné comme Messie qu'il est resté aussi pur, aussi radieux, ou bien s'il est devenu

Messie parce que ces vertus étaient déjà visibles chez lui, mais il est différent. Il n'a jamais spéculé sur les mesquineries humaines, n'a jamais accepté de compromission. Jdrien a voulu persuader le Caudillo que les Roux n'acceptaient plus la présence de la Guilde. Il sait qu'il a échoué et qu'il va mourir, et je pense qu'il ne voudrait pas qu'on le sauve à n'importe quel prix.

— Folie que tout ça!

— Tu crois qu'un type comme moi, avec ses défauts, ses vices, parlerait ainsi s'il en était autrement? Nous pouvons proposer d'acheter deux millions de tonnes de balenium, cependant il n'est pas question de vendre la Patagonie Occidentale.

— Parce que tu protèges Yeuse, fit Lien Rag méchamment.

Liensun parut frappé d'un coup bas et regarda son père avec écœurement :

— Yeuse n'a rien à avoir là-dedans. Si nous cédons,il revendiquera d'autres territoires et nous aurons de nouveau la guerre dans quelques années. Tu le sais fort bien.

— Tu sacrifierais ton frère, petit salopard, gronda Lien Rag; tu sacrifierais le meilleur. Tu le reconnais toi-même, mais avec un rictus qui trahit ton ressentiment, ta jalousie et en même temps ton mépris. Tu le hais. Il est exactement ce que tu n'es pas, il est la face claire et toi la part de l'ombre la plus inquiétante. Il te domine et tu ne peux l'accepter.

Liensun fit signe à un timonier, qui attendait à quelques pas, de venir prendre la barre et s'éloigna. Sur la passerelle, la demi-douzaine de témoins qui venaient d'assister à cet affrontement restaient interdits, n'osant même pas se regarder.

Liensun venait de pénétrer dans la cafétéria et se servait de l'alcool dans le petit bar contigu. Lien Rag se rendit dans sa petite cabine et commença de préparer ses affaires. Il ne resterait pas à bord de ce dirigeable. Il débarquerait à la première occasion, même en territoire ennemi s'il le fallait.

Pourtant on vint le chercher car il y avait un appel radio pour lui.

— Vous avez prévenu votre commandant ? demanda-t-il, ne pouvant plus prononcer le nom de Liensun.

— Il nous a demandé de vous laisser répondre.

C'était Matobu l'Africanien. Il paraissait très excité :

— J'ai pu rencontrer Herandez à minuit et je sors de son train particulier. Il est ravi de votre proposition et vous invite à le rencontrer le plus rapidement possible.

— Je suis d'accord. Mais où ?

— Magellan Station. Vous allez jusqu'à la frontière par l'une des voies ferrées qui partent de Chiloe Station et là-bas vous embarquerez dans un train spécial de la Guilde. Je garantis votre sauvegarde durant votre séjour, mais vous devez m'assurer que votre proposition est sérieuse et a des chances d'être considérée.

— Moi je suis sérieux. Toutefois j'ignore quel sera l'accueil que recevra ma proposition. Je sais d'ores et déjà qu'elle déplaît à Lady Yeuse et à mon fils cadet, mais dans l'Omnium du Pacifique le Kid peut l'accepter ainsi que Farnelle. Et il y a de nombreuses Compagnies qui souscriront à cette demande dans l'Australasienne.

— Nous, en Africania, nous serions d'accord pour que la Guilde s'installe dans un pays tempéré alors que la terre se réchauffe. On ne peut condamner désormais des gens à vivre dans la glace. Nous allons peut-être décider d'une date ?

— Non, dit Lien Rag. J'ignore quand je me présenterai à un de ces postes frontières des Andes, cependant je veux qu'on m'y accueille sans me menacer. D'ici deux ou trois jours je pense que je me trouverai là-bas.

— Lady Yeuse va peut-être s'opposer à ce que vous passiez en territoire ennemi ?

— Je ne le pense pas. Elle ne peut s'opposer à ce qu'un membre de l'Omnium aille discuter de l'autre côté de la frontière.

C'est alors qu'il remarqua qu'une grande agitation

régnait dans la passerelle et qu'il se retourna pour voir arriver Liensun. Le garçon se pencha vers l'écran radar et parut assez perplexe.

— Nous ferons ainsi, conclut Lien Rag en raccrochant son micro.

Un marin dit qu'un objet volant non identifié se rapprochait de l'*Indépendance*.

CHAPITRE III

L'image du radar n'était pas facile à identifier. Les spécialistes discutaient autour de Liensun et s'écartèrent pour que Lien Rag jette un regard. Il aurait pu s'agir d'un dirigeable de taille moyenne, mais certaines caractéristiques manquaient.

— Une bombe volante ? dit quelqu'un.

— Une bombe qui ne ferait que du soixante à l'heure ? ricana Liensun. Certainement pas. Changez de cap et éloignez-vous du lieu de rencontre virtuel.

Le dirigeable prit la direction du nord, mais très vite le spot en fit autant.

— Une bombe qu'attirent les infrarouges ?

— Coupez les moteurs.

Le silence tomba si brutalement que le quart de l'équipage au repos crut à une catastrophe et se rua dans les coursives, puis descendit vers la passerelle. Il fallut les rassurer, mais en fait personne ne se sentait tout à fait tranquille.

— Un appareil volant d'une autre conception, dit Liensun. Un essai des Harponneurs ?

Lien Rag alla jusqu'à une des baies, effaça la buée pour essayer de scruter la nuit extérieure ; ils naviguaient dans une zone nuageuse, à mille pieds environ. Liensun fit prendre de la hauteur et l'engin inconnu suivit très vite le mouvement.

— En tout cas il a les moyens de nous détecter, dit le timonier.

Brusquement Lien Rag crut avoir trouvé. Il demanda qu'on allume les projecteurs de tribord et qu'on ne relance pas les moteurs.

— Dans moins de quelques minutes nous devrions savoir.

— Préparez les lance-missiles, ordonna Liensun.

— Je pense que c'est inutile, lança Lien Rag.

— Faites-le quand même, dit son fils, irrité.

Un marin rejoignit Lien Rag devant la baie. C'était un ancien qui mâchonnait quelque chose, puisqu'il était interdit de fumer dans la passerelle à cause de la fragilité de certains appareils, et aussi d'un éventuel dégagement d'hydrogène dans les filtres à hélium qui décomposaient l'air ambiant.

— Vous, dit l'homme, vous avez votre petite idée, hein ? Vous savez, moi aussi, car j'ai travaillé longtemps du côté du viaduc de glace que vous construisiez en travers de la banquise du Pacifique pour le président Kid. Moi j'étais surtout chargé d'explorer les trous d'eau et les mers intérieures que nous rencontrions dans notre progression vers l'est. J'avais même fait construire un canot gonflable avec un petit moteur électrique pour aller fouiller dans les recoins de ces lacs intérieurs. Je plongeais aussi pour vérifier les assises des piles.

— Et là-bas on voyait d'étranges choses, n'est-ce pas ? fit Lien Rag avec un sourire entendu.

— Sûr, qu'on voyait des drôles de choses, et que même depuis c'est plus du tout pareil. Oh, je suis content de naviguer sur ce dirigeable, mais là-bas, sur le viaduc, c'était encore plus fabuleux, et nous avons assisté à des spectacles incroyables, que les gens nous prendraient pour des fous si on leur en racontait seulement un p'tit bout.

Lien Rag hocha la tête et colla son visage à la baie. Ils n'allaient pas tarder d'apparaître dans la lumière puissante des projecteurs. Il demanda au marin si ce serait la première fois qu'un tel fait se produirait :

— A ma connaissance, certainement.

L'équipage était de plus en plus anxieux et depuis les tourelles de tir les canonniers demandaient des instructions.

— Pourvu qu'ils n'aillent pas faire un carton, fit le vieux marin.

— Non, je ne pense pas.

L'homme de l'échosondeur poussa une exclamation. L'appareil ne pouvait définir une silhouette qu'à une distance de quelques kilomètres, et apparemment c'était ce qu'il était en train de faire.

— Cette fois il n'y a plus de doute, dit le vieux marin. Ils vont apparaître enfin. Je les ai vus deux fois dans ma vie là-bas, du côté du viaduc, et je n'ai jamais oublié le spectacle.

— Oui, murmura Lien Rag, c'était vraiment extraordinaire.

— On dirait qu'ils approchent là-bas. Le brouillard fait comme une tache plus sombre dans le projecteur.

C'était encore exact, et lorsque l'objet volant apparut, il y eut une nouvelle fois un silence total. On entendait simplement le bruit de la coque sifflant dans l'air, l'erre n'étant pas encore cassée après l'arrêt des moteurs.

— Une baleine volante, chuchota quelqu'un.

Et tous les autres reprirent à voix basse. Liensun se rapprocha de son père.

— C'est bien une Solina, n'est-ce pas?

— Oui, c'en est une. Une baleine volante.

— Quelle rencontre! Mais pourquoi cherche-t-elle à nous rejoindre?

— Il faudra demander à ses amis qui habitent son corps.

Depuis des siècles les Hommes-Jonas vivaient en symbiose dans le corps des baleines géantes. Il ne s'agissait pas d'une domestication, juste un pacte passé entre les cétacés et les hommes. Les humains greffaient à l'intérieur des immenses animaux des cellules d'habitations qui finissaient par être admises par le système physiologique des baleines. Une dernière cellule fixée sur le dos, transparente, permettait aux Hommes-Jonas de suivre ce qui se passait à l'extérieur ou de diriger éventuellement la baleine. La nourriture et toutes les nécessités de la vie étaient fournies par l'animal. Les baleines avaient rapidement évolué pour ramper sur les banquises. Elles s'étaient dotés d'un filtre à hélium qui emplissait certaines vessies réparties dans leur masse. Puis de la reptation elles étaient finalement passées à des vols de plus en plus longs.

— Voilà, elle approche, dit Liensun.

L'*Indépendance* était muni d'une passerelle extérieure à laquelle on accédait par un sas. Il fallait revêtir une bonne combinaison isotherme pour sortir ainsi dans une température extrême, moins soixante-dix peut-être ; Lien Rag rejoignit bientôt son fils.

Le gros cétacé se laissait doucement flotter, poussé par le vent vers la masse encore plus grosse du dirigeable. Dans l'habitacle en résine bactérienne transparente, une lumière phosphorescente éclairait des silhouettes, deux, peut-être trois.

— L'accostage sera délicat, dit Liensun dans son micro. Il va falloir amarrer cette masse je ne sais trop comment. Qu'on aille chercher des aussières.

Le corps de la baleine était recouvert de coquillages de différentes tailles, portait des traces de lutte contre les orques et les calmars géants des abysses. Lien Rag se souvenait de sa première Solina dans laquelle il avait navigué sous la banquise avec Yeuse pour s'échapper de la Station Fantôme du Network Cancer. A l'époque, il avait fallu cacher soigneusement cet exploit, et dans la banquise les gens méfiants les accusaient de sorcellerie pour avoir réapparu brusquement, alors qu'on les croyait définitivement perdus dans le sud.

— L'habitacle s'ouvre.

Une silhouette se dressait et, dans un frôlement assez

rude, la baleine venait de toucher la passerelle qui grinça quelque peu. Liensun prit un air inquiet mais la baleine émit une sorte de petit chant à la fois ironique et gentil, comme pour s'excuser de cette petite erreur de navigation.

— Elles peuvent voler assez haut mais leur vitesse n'a jamais été considérable, disait le vieux marin à ses compagnons. Cependant, c'est le plus beau show que j'ai vu de ma vie. Il n'y a rien de plus extraordinaire sur la Terre.

Lien Rag se rendit compte que la silhouette qui s'apprêtait à passer sur l'*Indépendance* était celle d'une femme et, se souvenant de la photographie que lui avait montrée le président Kid, il sut qu'il s'agissait de Rewa. Petite fille, elle avait été adoptée par le Kid qui, plus tard, avait dû la rendre aux Hommes-Jonas. Mais elle n'avait jamais oublié son père adoptif. Son compagnon se nommait Xave, et ils avaient un petit garçon appelé Kidy en souvenir du Gnome de Titan. Jdrien était l'ami du couple.

Rewa avait revêtu une combinaison légère pour cacher sa nudité habituelle, se doutant que l'équipage d'un dirigeable aurait pu être perturbé par son corps de femme trop librement exposé.

— Bonjour, dit-elle de cette voix chantante et douce des Hommes-Jonas. Nous sommes heureux de vous rencontrer. Nous essayons de vous joindre depuis longtemps. Nous pensions remonter le long des côtes occidentales de la Panaméricaine lorsque notre Solina a repéré le dirigeable.

Suivaient Xave, son compagnon, Hiel et une jeune fille, Mye. Liensun savait qu'elle aimait beaucoup Jdrien.

— Nous venons à cause de notre ami Jdrien. Il faut que nous le sauvions.

Ils pénétraient dans la passerelle, sous les regards curieux des marins présents. Liensun les entraîna dans la partie arrière où il étudiait les cartes d'ordinaire.

— Comment savez-vous que Jdrien a des ennuis? demanda-t-il.

— Nous sommes allées à Euphosia, l'atoll où le professeur Leyris fabrique une nouvelle race de krill pour empêcher les Harponneurs de massacrer nos amies baleines, et c'est lui qui nous a informés. Le Caudillo Herandez menace de le mettre à mort à cause des Roux qui ravagent son territoire. Nous pensons que nous pouvons participer à sa libération. Notre Solina peut approcher en silence de n'importe quel endroit alors que vos appareils restent bruyants. Nous avons survolé la fameuse capitale de Leadership Station et nous savons où il se trouve.

Sceptique, Liensun fit remarquer qu'ils avaient eux aussi survolé la grande station sans jamais repérer la prison de son frère.

— Vous n'ignorez pas que l'un et l'autre possédons des facultés extrasensorielles comme la télépathie. J'ai vainement essayé d'entrer en communication avec lui depuis le ciel. En général cette façon de faire est la meilleure, car rien ne vient interférer nos ondes comme lorsque nous sommes à terre. Et je puis vous assurer que je n'ai rien relevé qui puisse ressembler à une pensée de Jdrien.

Rewa regardait ce garçon avec insistance, étonné qu'il pût être le frère de Jdrien. Elle soupçonnait en lui des forces contradictoires, des appétits énormes qu'essayait de maîtriser la volonté d'apparaître inoffensif. Le demi-frère de Jdrien était un être complexe et pouvant devenir dangereux. Cependant on pouvait sans restriction le créditer d'une très grande affection pour son frère.

— Nous avons pu descendre assez bas au cours d'une nuit, survoler la ville à moins de cent mètres, et c'est ainsi que nous l'avons enfin trouvé. Il venait de se produire une secousse sismique proche due à un effondrement, et le wagon dans lequel il se trouvait avait légèrement basculé. Jdrien a pu nous communiquer sa pensée. On l'a changé continuellement de prison à cause du travail de sape des Roux. Il nous a dit que sa cellule-compartiment était entièrement recouverte de plaques de plomb pour qu'il ne puisse agir sur le psychisme de ses gardiens. Ceux-ci communiquent avec lui par un écran de télévision, et même au tribunal il se trouvait dans la même situation, c'est-à-dire dans l'impossibilité de faire jouer ses dons de télépathe et aussi d'agir sur les centres nerveux de l'homme ou les connexions d'un système électronique. Mais nous avons eu cette chance de survoler la ville alors que le wagon, en basculant légèrement, s'était quelque peu détérioré et une plaque de plomb du toit avait glissé, laissant enfin échapper les pensées de Jdrien.

— C'est beaucoup de chance, en effet, dit Liensun. Toutefois vous pensez bien que ce wagon-prison qui se trouve dans une zone dangereuse ne va certainement pas y rester. Les Harponneurs vont le déplacer, et pour le repérer ensuite ce sera difficile. Jdrien pourrait être également changé de cellule.

— Il ne le pense pas, car il semble que ses geôliers en aient plus qu'assez de reconstruire constamment une cellule isolée du reste du monde. Ils vont certainement déplacer ce wagon, et c'est pourquoi nous l'avons marqué avec un émetteur d'ultrasons que seule notre Solina peut capter. Nous en disposons de quelques-uns fabriqués en matière organique d'ailleurs et indecelable. Lorsque nous devons quitter nos chères compagnes, nous les emportons pour qu'elles sachent constamment où nous nous trouvons et puissent éventuellement nous récupérer sans trop de difficultés.

— Dans ce cas, il faudrait agir vite, dit Liensun, avant que mon frère ne soit transféré dans un autre endroit.

— Nous sommes à votre disposition, répondit Xave. Cependant notre vitesse de croisière est limitée et notre Solina est fatiguée de se maintenir dans les airs depuis si longtemps. Depuis Leadership Station, nous avons navigué sans arrêt au maximum de sa vitesse. Pour retourner là-bas, vous devrez nous haler pour faire plus vite. A deux cents kilomètres heure, nous pouvons nous y trouver dans huit heures environ. La nuit est assez longue en cette saison, comme vous avez pu vous en rendre compte. Une fois au-dessus de la station, vous viendrez avec nous pour délivrer Jdrien. Notre approche sera totalement silencieuse, et notre Solina, reposée, pourra planer à moins de dix mètres au-dessus de sa prison.

Liensun échangea un regard avec son père puis répondit :

— Nous étions sur le point d'envisager des solutions extrêmes, allant de la satisfaction totale des exigences du Caudillo jusqu'au commando désespéré, et votre proposition arrive à point. Nous partons sur-le-champ.

Durant tout le voyage, les marins ne cessèrent de venir examiner cet étrange attelage qu'ils constituaient avec la baleine volante qui, au bout de plusieurs aussières solides, flottait dans leur sillage. Dans le dirigeable, Liensun et son père évitaient de se rencontrer. Lien Rag alla même se reposer quelques heures dans la cabine, avant de revenir pour boire du thé et manger quelque chose. Il alla vérifier le point sur l'écran spécial, se rendit compte qu'on avançait à deux cent soixante-dix kilomètres heure, profitant d'un vent qui pour une fois soufflait du nord. On allait gagner près de trois heures sur l'horaire, ce qui ne pouvait qu'améliorer leur chance de réussite.

— Nous devons tout de même éviter d'être repérés par les radars, dit le technicien piqué devant l'écran de leur propre système de détection. Les Harponneurs auraient l'image d'un bizarre accouplement qui pourrait leur mettre la puce à l'oreille. Une chance que le vent du nord ramène sur l'Antarctique ces épaisses couches de nuages qui viennent de l'équateur et qui nous dissimulent. Il va grêler sur ce pays, des grêlons énormes certainement, et les Harponneurs auront mieux à faire que de nous traquer. Ce genre de grêlon peut transpercer une verrière sans mal, ainsi que le toit d'un wagon. C'est un phénomène nouveau, né du réchauffement. Comme autrefois, du temps où le Soleil brillait, les perturbations naissent à l'équateur et sont réparties dans les deux hémisphères. Il grêle par ici mais il doit neiger rudement au nord de la Patagonie, par exemple. Les gens vont se réveiller avec des deux, trois mètres de poudreuse tombée en une seule nuit.

Liensun sortit de la salle aux cartes, s'approcha des hommes de quart.

— Nous devrons contourner la station par l'est et essayer de nous amarrer à une trentaine de kilomètres. J'embarquerai avec les Hommes-Jonas pour me rendre dans la station.

— Espérons que la tempête de grêle sera terminée, répondit le radariste. Elle est juste en dessous de nous et rien ne sera possible si elle persiste. Pour l'instant elle nous est favorable, mais même une de ces baleines peut être assommée par la taille de ces blocs qui sont en train de dégringoler sur l'Antarctique. Il faut dire que le vent du nord souffle rarement dans ces régions, et quand on examine la carte des fréquences, on se rend compte qu'il n'intervient que pour trois ou quatre pour cent, ce qui était assez négligeable dans le temps où l'équateur avait la même température que l'Antarctique, à quelques degrés près, mais qui désormais sera le signal de catastrophes imparables. Même une seule par an suffira à démolir les stations, briser les réseaux, recouvrir les voies de plusieurs mètres de glaçons.

Vers trois heures du matin on signala la station de Leadership à moins de cent kilomètres. Des échanges radio furent captés. Il semblait que la capitale ait été épargnée par la terrible grêle mais que tout autour les dégâts soient tels que toute l'attention de la Guilde, des habitants, fût monopolisée par les nouvelles qui provenaient de ces zones sinistrées. L'ouragan venait de passer très vite et se dirigeait vers le pôle où il se mettrait à tourner sur place dans le sens des aiguilles d'une montre.

L'*Indépendance* perdit lentement de l'altitude, et lorsqu'il se prépara à s'ancrer, la Solina lâcha l'amarre qui la reliait à l'appareil, se posa à quelque distance en attendant que la manœuvre d'approche soit terminée.

CHAPITRE IV

Le docteur Isaie ne montra qu'un intérêt poli lorsque Gus lui raconta que le Bulb, cet animal fabuleux de l'espace qui constituait la plus grande partie du satellite où ils se trouvaient, voulait se suicider en absorbant une énorme quantité de K 20, une forme de morphine produite par une hormone de son corps gigantesque.

— Il se sent incapable de suivre ses compagnons Bulbs jusqu'à son territoire d'antan, et pense que son cadavre sera plus facile à traîner à travers ce qu'il appelle l'hyperespace, notion que j'ai beaucoup de mal à imaginer. D'après lui on peut s'y déplacer à des vitesses inconnues, à côté desquelles celle de la lumière fait penser à un escargot confronté à un lièvre.

— Qu'est-ce qu'un escargot ? Un lièvre ?

— Ce serait trop long à vous expliquer. Ce sont des animaux de la Terre. Le premier est visible dans certains zoos et le second existe encore sous une forme arctique. Pensez-vous pouvoir nous procurer la quantité suffisante de K 20 pour que le Bulb en finisse avec la vie ?

— Et nous aussi.

— Nous aurons alors l'unique chance de nous en tirer... Le Bulb pourra basculer hors de son orbite, tomber vers la Terre. Grâce à des boosters, nous pouvons lui faire aborder les couches de l'atmosphère en douceur et atterrir dans une mer sans trop de dégâts. Il y a déjà eu des Bulbs précipités sur Terre par les Ophiuchusiens, voici plusieurs siècles, lorsqu'ils essayaient d'installer un satellite hybride sur orbite géostationnaire. De malheureuses bêtes de l'espace payèrent de leur vie cette expérience et on retrouve leurs restes dans l'Atlantique Sud. Je sais qu'une femme que je connais, Farnelle, a aperçu une énorme barrière protéinique qui entourait le volcan de Tristan Da Cunha dans cette région et, plus tard, en venant ici, j'ai compris qu'il s'agissait en fait d'une matière colloïdale, disons une gélatine provenant de l'ossature de plusieurs Bulbs qui avaient tous atterri à cet endroit. Donc ils y sont arrivés sans brûler entièrement. Leur corps ne s'est pas dispersé un peu partout. Pourquoi le nôtre subirait-il un sort contraire ?

— Je n'aime pas cette idée que le Bulb va mourir avec nous autres dedans. Et puis je suis médecin et je n'ai pas le droit de donner la mort alors que je suis fait pour guérir.

— Mon œil, répondit Gus. Vous n'avez jamais été un fanatique de déontologie médicale, et s'il faut empoisonner notre ami, vous le ferez. Vous pensez que cela va abréger nos chances de survie et vous vous trompez. En me confiant qu'il aimerait mourir ainsi, le Bulb se livre à nous entièrement. Nous pourrons choisir l'heure de sa mort, la programmer en même temps que son basculement vers la Terre et l'amorce de sa spirale de retour, en rebondissant de couche atmosphérique en couche atmosphérique. Vous me suivez ?

— Pas des masses, enfin j'essaye. Vous croyez qu'on peut s'en tirer ? Mais une fois sur Terre, que ferons-nous ? Il faut travailler en bas, m'avez-vous dit, et ce n'est pas facile. De plus, nous allons arriver au milieu d'une quantité d'eau que j'ai du mal à imaginer. Moi-même, l'eau de mon bain m'inquiète. J'ai failli me noyer enfant dans une baignoire et je n'ai pas envie de renouveler l'expérience. Je ne comprends pas bien ces humains qui vivent en bas. Ici je me sens chez moi, malgré les dangers qui nous environnent. Nous pourrions prolonger l'agonie du Bulb en le soutenant de différentes façons, en mécanisant ses fonctions de survie, et ses compagnons se lasseraient peut-être et s'en iraient en nous l'abandonnant.

— N'y croyez pas. Leur mission est de ramener notre ami mort ou vif et ils n'y failliront pas.

— Je vais essayer de faire un bilan des quantités de K 20 disponibles, finit par dire Isaie avec une certaine mauvaise volonté. Il en faudra pas mal pour tuer notre copain. Et pour lui injecter ces quantités énormes, tout un équipement sera nécessaire. Rien que pour l'installer, des semaines passeront. On doit choisir plusieurs centres d'injection, sinon on ferait éclater les vaisseaux.

Gus transposa tout cela pour le Bulb qui répondit qu'il comprenait parfaitement les lenteurs qu'exigerait son suicide.

— Vous souvenez-vous, lui demanda Gus, de l'époque ou plusieurs de vos amis furent sacrifiés par les Ophiuchusiens dans l'élaboration de ce satellite ? Au bout de combien de morts ont-ils réussi dans leur monstrueuse création.

— Ils avaient utilisé des créatures déjà trop âgées : ils ne savaient pas sélectionner mes amis d'après leur âge. Ce fut une véritable boucherie, ce que vous appelez la vivisection. Ces gens étaient des brutes, de véritables sanguinaires, et quand on découvrait que par ailleurs ils cultivaient des idées généreuses et humanitaires, on ne comprenait plus rien. Les mêmes qui par leurs discours enchantaient leurs amis, étaient capables de devenir les pires bouchers, qu'ils soient médecins, biologistes, spécialistes en différentes fonctions de l'anatomie, électroniciens, ingénieurs. Ils s'ébrouaient dans notre viande, dans ce qui nous tient lieu de sang, de système nerveux, nous faisaient hurler de douleur, mais comme nous n'émettons pas de sons audibles, qu'est-ce qu'ils en avaient à faire ? Oui, de nombreux Bulbs sont morts à la suite de ces manipulations. A plusieurs reprises les humains crurent avoir réussi, et puis d'un coup le cobaye pourrissait sur place et finissait par tomber en direction de la planète. Il y en eut pas mal, bien assez pour que leurs ossements donnent cette barrière de gélatine autour d'un volcan auquel vous faites référence.

— Les Bulbs n'ont donc pas brûlé dans l'espace.

— Pas à ma connaissance.

— Pourtant n'importe quel corps stellaire attiré sur Terre brûle en traversant l'atmosphère et parfois se trouve réduit à quelques poussières. Seule des météorites géantes ont pu arriver sur Terre avec une masse importante, bien que réduite.

— Nous sommes peut-être ignifugés, répondit le Bulb.

Mais Gus perçut dans ce texte qui s'imprimait comme une ironie qui cachait autre chose. Il essaya ensuite de découvrir sur les longues, interminables imprimantes qui désormais enregistraient l'écriture mentale du Bulb, d'autres précisions, en vain. Cette écriture mentale était la façon du Bulb de communiquer avec les siens. Grâce à un cerveau vierge de bébé garou, Gus avait réussi à capter cette écriture, sans toutefois toujours obtenir une traduction parfaite. Il avait espéré, dans le cas présent, que le Bulb aurait entretenu ses amis de cette vieille histoire de cobayes bulbs ayant basculé sur la Terre sans brûler.

— Ignifugé, notre Bulb? Il faudrait examiner sa carapace extérieure, celle qui fout le camp en de très longs déroulements de peau comme s'il avait la pelade.

Gus fit des recherches et découvrit que certains silicates permettaient de protéger les objets du feu, surtout un corps, l'amiante. Mais il y avait aussi les matières réfractaires, la céramique.

— Les navettes sont recouvertes d'une couche de céramique très efficace.

— Si c'est la peau de notre copain qui est ignifuge,

c'est foutu pour nous, car il en a perdu une trop grande surface pour que le reste nous protège efficacement.

— Il y en a des réserves dans les cryo-magasins.

— Pour faire des greffes, comptez quelques années, et le Bulb sera mort depuis longtemps.

Isaie ne consacrait qu'un minimum de temps à son travail sur le K 20 et rejoignait son petit ami Grathe dès qu'il le pouvait. Celui-ci venait parfois proposer de les aider, mais Gus n'aimait pas le voir aller et venir dans la salle des contrôles, le trouvait trop maladroit. Il pouvait déclencher n'importe quelle catastrophe avec sa bonne volonté. Mais ailleurs dans le niveau, Gus se montrait plus aimable avec le jeune garçon, acceptait de lui expliquer certaines choses, pensant que Grathe était avide de s'instruire.

Soit qu'Isaie lui ait fait des confidences, soit qu'il ait fini par comprendre que les deux hommes recherchaient le moyen d'échapper à un destin fatal, un jour il posa franchement la question à Gus :

— Vous voulez retourner sur la Terre ? Je ne sais pas très bien de quoi il s'agit mais je pense que vous voulez quitter ce monde pour un autre. Le père Faro nous parlait de l'Enfer qui est la seule issue qui nous attend et qui nous autorise donc à pécher comme nous l'entendons puisqu'il n'y a pas d'autre alternative. Il disait qu'autrefois on parlait d'un Paradis pour les gens qui avaient été bons et l'Enfer pour les méchants. Il ajoutait que c'était la plus horrible des duperies entretenues depuis des millénaires, et qu'il ne fallait surtout pas y croire. Ce qui m'étonne, c'est que vous parlez de la Terre comme s'il s'agissait d'un Paradis. Alors je ne comprends plus très bien où j'en suis. La Terre c'est quoi d'abord ?

Gus tenta de le lui expliquer, mais la caméra qui autrefois permettait de visionner la boule qui tournait dans l'espace ne fonctionnait plus depuis longtemps et il dut, à l'aide de dessins, expliquer ce qu'était cette planète dont ils venaient tous.

— Et vous voulez y retourner? Savez-vous que Thresa, qui a longtemps vécu avec vous ici, a raconté au père Faro que vous prépariez un retour vers cet endroit?

— Nous nous en doutions. Cependant le père Faro ne peut pas comprendre ce que nous cherchons à faire.

Grathe lui jeta un regard en coin, prit un air désolé :

— Vous le sous-estimez. Faro pense qu'Enfer pour Enfer, il préfère rester dans celui qu'il connaît ici, dans ce que vous appelez un satellite. Et depuis que Thresa a parlé, il essaye de communiquer avec l'esprit de ce satellite que vous appelez le Bulb. Il dit qu'il finira par l'alerter que vous êtes deux comploteurs qui ne font que chercher sa perte et se comportent en ennemis.

Gus crut recevoir un coup de poignard en plein cœur.

— Mais comment Faro pourrait-il parvenir à entrer en communication avec le cerveau du Bulb, le sais-tu? demanda-t-il au bout d'un moment, la voix anxieuse.

— Ce père Faro est très intelligent et il connaît très bien tous les niveaux de notre satellite. Il a à plusieurs reprises essayé de prévenir le Bulb, mais chaque fois il est tombé sur ce qu'il appelle le cerveau artificiel, l'âme synthétique, oui c'est ainsi qu'il dit le plus souvent, l'âme synthétique de notre monde.

— C'est une chance, souffla Gus.

— Il y parviendra, car c'est vital pour lui. L'Enfer qui se trouve sur votre Terre ne lui conviendrait pas. Il nous a raconté que ce monde-ci éclaterait et que nous serions condamnés à une promiscuité effrayante avec les monstres, les primitifs, tous ces animaux qui grouillent dans les bas-fonds de ce satellite.

Faro n'avait pas tort et Gus y avait souvent songé. Le Bulb pouvait s'enfoncer dans la mer, mais aussi s'écraser sur terre dans une région désertique, et toute la faune qu'il contenait se répandrait comme une malédiction sur cette zone. Ils devraient défendre chèrement leur vie pour empêcher ces hybrides, ces primitifs, ces animaux dangereux de les attaquer. Ce ne serait pas un retour paisible, et d'autres épreuves les attendaient s'ils échappaient au feu de l'atmosphère et au choc de l'arrivée.

— Le père sait où sont les terminaisons nerveuses de ce satellite, il peut ouvrir les placards où elles forment des connexions. Il nous en a montré quelquefois en nous disant que ces sortes de fibres conditionnaient notre existence dans cet Enfer somme toute tolérable.

— Tolérable, répéta Gus. Peut-être, mais un Enfer qui va mourir et nous avec si nous ne faisons rien.

— Je ne sais pas si j'ai bien fait de vous raconter tout ça, mais il me semblait que je devais le faire.

Peut-être trop futé, Grathe, peut-être qu'il avait inventé toutes ces révélations pour se rendre intéressant, toutefois Gus savait désormais qu'il en tiendrait compte. Le Bulb risquait un beau jour de lui demander des comptes sur ses activités en indiquant que le père Faro l'avait renseigné sur ses manigances.

— Je te remercie et je vais travailler maintenant.

— Vous savez, dit Grathe, j'aimerais bien vous accompagner et rester tout le temps avec vous. Isaie est bien gentil mais je trouve qu'il boit trop et puis il est toujours en train de me suivre partout. Je ne me sens pas très libre.

— Bah, quand tu étais dans le harem du père Faro, c'était bien pire, non?

— Je ne m'en rendais pas compte, puisqu'il nous fait absorber des drogues qui nous empêchent d'y réfléchir.

Gus préféra rejoindre la salle des contrôles. Il avait tout un rouleau d'imprimante à vérifier au cas où le Bulb aurait eu une conversation intéressante avec le reste de sa tribu.

Grâce à une caméra extérieure, il put effectuer une analyse grossière de la carapace du Bulb. Jusque-là il n'avait jamais cherché à savoir si elle était ignifuge.

Dans les deux heures, il obtint une longue liste des constituants de cette peau extérieure et chercha à comprendre s'ils pouvaient protéger l'animal de l'espace du feu. Il y avait bien des silicates de potassium cependant pas en grande quantité, du moins pas suffisamment pour lui épargner la brûlure de milliers de degrés. Il affina ses recherches, puisa dans les mémoires de l'ordinateur électronique, l'âme synthétique du satellite, comme le nommait justement le père Faro.

— Jolie formule, murmura Gus.

Les résultats demanderaient des heures avant de lui parvenir. Le cerveau artificiel fonctionnait désormais avec un ralenti perceptible, comme si lui aussi sentait venir l'agonie. Il aurait fallu le réviser entièrement pour obtenir plus d'efficacité, mais Gus ne s'en sentait ni les capacités, ni le courage, et puis le temps manquait.

Pas question cependant, si le Bulb se révélait vraiment ignifuge, de plonger directement vers la Terre et de subir des accélérations dangereuses. La parabole d'accès aux couches atmosphériques restait donc indispensable, et ses études étaient à peine engagées. Il lui manquait des bases dans tous les domaines, même les plus ordinaires comme la géométrie dans l'espace, et il n'avait pas à sa disposition les données indispensables.

— J'ai encore des reliquats d'amnésie qui enferment mes références à double tour dans une partie de mon cerveau. Peu à peu j'ai récupéré quelques souvenirs, pas suffisamment pour espérer faire mieux.

Isaie vint lui dire qu'à son avis il lui faudrait deux semaines pour rassembler les quantités nécessaires de K 20, et autant pour préparer la colossale injection.

— N'en dites pas plus, dit Gus, car nous aurons besoin de plus de temps encore pour trouver les solutions à tous les problèmes qui vont se poser.

— Je vous remercie d'être plus tolérant et plus compréhensif envers Grathe, dit alors le petit docteur.

— C'est normal.

Mais Isaie avait dans l'œil comme une lueur de jalousie.

CHAPITRE V

C'était un Roux déjà âgé qui avait quitté sa tribu du fin fond de l'Antarctique pour marcher seul sur la glace. Il croisait des tribus avec d'autres Roux qui lui donnaient à manger et lui permettaient de rester quelque temps avec eux, mais il n'était qu'un vieillard inutile qui pouvait retarder la marche de la troupe si jamais celle-ci devait partir ailleurs. Le vieillard, comme tous les vieillards, devait désormais se débrouiller seul quand il ne rencontrait aucun regroupement de Roux, ce qui était à peu près toujours son lot. Il ne chassait plus le phoque, et d'ailleurs, à l'intérieur de l'Antarctique, il n'y avait pas de mammifères marins. Parfois il réussissait à capturer un lièvre ou un rat, ou encore à coincer un jeune ovibos dans un corridor de congères. L'animal se défendait âprement et l'homme devait se protéger tout en essayant de lui trancher une veine pour boire son sang. Quand il y parvenait, il buvait longuement tandis que le veau ou la génisse, il ne choisissait que de jeunes bêtes, s'affaiblissait et finissait par s'écrouler.

Quand il était enfin rassasié, le Roux bloquait le sang pour que se forme un caillot. Il frictionnait la bête avec de la glace et quand il l'abandonnait, il savait qu'elle finirait par se rétablir, se remettrait sur ses pattes et rejoindrait son troupeau pour aller brouter les délicieux lichens sur les pentes rocheuses.

Lorsque le vent soufflait trop fort et risquait de le

tourmenter toute la nuit, le vieux Roux, n'ayant plus le courage de bâtir un igloo, trouvait toujours un trou pour se blottir. Les congères, parfois, s'accumulaient sur lui, et une fois il mit deux jours pour se libérer. Mais ce vent furieux avait l'avantage de projeter violemment les grands goélands contre les falaises de glace, et une fois il en trouva une dizaine qu'il attacha ensemble et traîna derrière lui. Il mangea à sa faim durant une semaine, puis trouva un loup à moitié dévoré par les siens et réussit à récupérer des morceaux de viande gelée. Il utilisait un couteau en acier, contrairement à ses congénères qui ne disposaient que de lames en os. Il poursuivait son chemin toujours dans la même direction et, lorsqu'il rencontrait par hasard une tribu, jamais personne ne lui demandait où il allait. Chacun était libre et surtout les vieillards que l'on devait abandonner pour des raisons vitales. On n'allait pas de surcroît intervenir dans leur façon d'organiser leur nouvelle solitude.

Parfois dans certaines tribus une femme le prenait en pitié et pour quelques instants lui donnait l'impression d'être un jeune homme très ardent. Mais ensuite il reprenait sa route et endurait la faim. Le vent l'effrayait encore plus, car à plusieurs reprises ces bourrasques l'avaient arraché du sol pour le projeter à quelques mètres de là, lui causant de graves blessures. Il entendait craquer ses os et chaque fois craignait qu'une jambe brisée ne le condamne à rester sur place. Très vite les loups seraient arrivés ainsi que les grands goélands carnassiers. Ces derniers attaquaient le visage, les yeux, la bouche, le nez, et une fois aveugle, impossible de se défendre contre les loups. Ou même les gros rats.

Dès que le vent soufflait, il cherchait vite un abri, si bien qu'il hésitait longtemps avant de s'engager dans une région plate où aucune congère n'était visible. Il se détournait alors pour suivre une ligne de tumulus de glace, préférant allonger son chemin plutôt que de ses sentir aussi vulnérable dans des étendues lisses, sans la moindre fissure pour se réfugier.

Il ne savait plus très bien pourquoi il marchait, mais par contre connaissait parfaitement sa destination. Il avait quitté sa tribu sans que celle-ci ait encore songé à le chasser et, maintenant, il était devenu un renégat mais s'en souciait peu. Il approchait d'une chaîne de montagnes qu'il devrait traverser. Il y trouverait des bœufs musqués, des lièvres arctiques et des abris en grand nombre.

Un jour il buta contre le remblai d'une voie ferrée qui traversait une immense plaine. Cela lui rappela quelque chose, il ne savait trop quoi. Il commença de grimper la pente de glace lorsqu'il aperçut les longs traits brillants, sombres qui s'alignaient sur le talus. Il s'immobilisa, effrayé. Une peur qu'il avait déjà connue s'était emparée de lui et il savait que sur ces sortes de choses couraient des monstres très rapides, très dangereux. Il avait vu plusieurs fois des Roux emportés par eux, abandonnés plus loin, beaucoup plus loin, complètement disloqués, aplatis, sanglants, méconnaissables. A ne pas reconnaître le corps de ce qui était autrefois un homme de celui d'un animal, quand ces animaux inconnus vous emportaient aussi vite. Ils surgissaient sans qu'on ait souvent le temps de fuir. Lui, il avait failli être également leur victime, et il n'avait pas du tout l'intention de traverser de l'autre côté. Pour chacun des traits il leva un doigt et faillit avoir besoin de ses deux mains à l'exception des deux pouces. Il regarda à droite et à gauche, finit par redescendre.

Très triste, il suivit le ballast sur des kilomètres, sachant que la direction à prendre pour lui se trouvait de l'autre côté et qu'en n'osant pas traverser il s'éloignait fortement. Il s'arrêta, trouva un creux où il se roula en boule, attendit. Il passa toute la nuit ainsi, puis une partie du lendemain. Aucun monstre n'ayant surgi, il prit la décision de traverser le talus. Il remonta tout en haut, retint sa respiration, et en quelques sauts rapides parvint de l'autre côté, dévala la pente et poussa un hurlement de joie qui dut s'entendre à des kilomètres. Il avait triomphé des monstres, lui vieillard solitaire que sa tribu ne pouvait plus nourrir. Il gambada sur place pendant un moment et enfin se décida à poursuivre son chemin, non sans se retourner avec défi à plusieurs reprises jusqu'à ce que le ballast ait disparu dans la nuit en formation. Il trouva quelques congères pour s'abriter mais, faute de nourriture, se contenta de mordre dans un morceau de glace.

Le lendemain, il traquait un lièvre des glaces, cherchant à découvrir son terrier, lorsqu'un fumet de viande grillée lui apporta une odeur qu'il croyait avoir oubliée depuis longtemps. Il chercha en vain dans son cerveau laminé où et quand il avait reniflé la même odeur, grimpa sur une congère pour savoir d'où elle provenait, aperçut des formes nettes et sombres à moins d'un kilomètre. Il savait ce que c'était, des igloos pour les autres hommes qui s'habillaient étrangement, car ils n'avaient pas de fourrure et vivaient toujours à l'intérieur de leur igloo, ou de plus grands igloos encore dans lesquels ils construisaient aussi des igloos plus petits. On lui avait souvent dit qu'il fallait les fuir, qu'ils tuaient les Hommes du Froid pour s'emparer de leur fourrure et de leur sexe, ce qui désormais le faisait bien rire. Qui aurait bien voulu de sa fourrure qui n'était plus rousse mais d'un vilain gris, avec de grandes plaques sans poils qui laissaient nue sa peau ridée. Quant à son sexe, il y avait de quoi s'étrangler de rire, car le sien était de plus en plus petit, mou et pratiquement inutilisable. La dernière fois qu'il avait rencontré une femme complaisante d'une tribu, elle avait dû le secouer des heures avec sa main pour le faire quelque peu grossir.

Là-bas dans l'igloo carré un Homme du Chaud faisait cuire de la viande sur du feu. Il savait ce qu'était le feu, il en avait vu, moins qu'autrefois mais tout de même. Certaines tribus en allumaient quelquefois, en utilisant du lichen séché ou des algues recueillies au bord de la mer. C'était pour regarder les flammes et non pour se chauffer ou cuire la viande de phoque ou le poisson.

Guidé par l'odeur qui ne lui soulevait pas l'estomac de nausée, bien au contraire, en cela il différait des Roux primitifs, il marcha vers les igloos carrés et deux fois plus hauts que ceux qu'on construisait en glace. Mais la vue d'un de ces traits maudits où les monstres dévoreurs couraient faillit le faire fuir.

C'est alors qu'un être humain revêtu de noir sortit de l'un de ces abris étranges et regarda dans sa direction. Le Roux sut qu'il était découvert et ne chercha plus à se cacher. Voilà que l'autre criait quelque chose en faisant de grands gestes d'un seul bras. Et voilà qu'il comprenait ce que lui disait l'Homme du Chaud :

— Hé ! toi le Roux, viens donc me voir... Ne crains rien... Je ne vais pas te faire de mal.

Pourquoi comprenait-il ces mots alors que lui-même n'aurait pas su les prononcer ? Pourquoi les savait-il alors qu'ils étaient si nombreux ? Un Roux aurait prononcé la même chose avec deux mots et trois gestes, pas plus.

Il fit quelques pas, tandis que l'inconnu restait immobile pour ne pas l'effaroucher. En se rapprochant, le Roux découvrit qu'il s'élevait de plusieurs hauteurs d'homme et qu'apparaissaient d'autres igloos et que l'un d'eux laissait échapper de la fumée.

— Tu veux manger quelque chose ? Je suis chasseur de rennes. Il y a un grand troupeau dans le cirque de montagne derrière moi et je ne manque pas de nourriture. J'en ai un plein wagon de carcasses mais personne ne vient le chercher. Là-bas dans la station il se passe des événements graves et je suppose que le réseau principal auquel je suis relié ne doit plus être praticable.

Le Roux continuait d'approcher. L'homme portait ce que les Hommes du Chaud appelaient une combinaison, et il avait aussi un masque protecteur sur le visage.

— Je vais te chercher un morceau de renne. Je venais

juste de faire cuire mon repas et j'en fais toujours deux fois trop. Mais que fais-tu tout seul dans ce coin et où t'en vas-tu ?

Puis il se rendit compte que la fourrure du Roux était grise, mitée et comprit.

— Pauvre vieux, ta tribu ne veut plus de toi... Je suis au courant de vos habitudes, tu sais... Assieds-toi à l'abri du petit vent qui commence à souffler et attends-moi.

Il disparut dans l'un des wagons, revint avec une gourde isotherme contenant une bière légère et un énorme morceau de viande à moitié cuit. Le Roux le prit sans précipitation, inclina la tête et commença de mordre dans le filet de renne.

— Tu as encore de bonnes dents mais c'est ta fourrure qui est bien mal en point. Bah, au moins, tu ne tenteras pas ces salauds qui chassent les Roux pour les écorcher. Si tu en veux d'autre, tu demandes et tu peux boire. Il n'y a guère d'alcool là-dedans, c'est moi qui la fabrique, et c'est meilleur que de l'eau de fonte tout de même.

Le Roux se gava de cette bonne viande rouge, retrouvant un goût très lointain. Il avait dû jadis manger de cette façon, boire aussi de la bière et d'autres choses beaucoup plus fortes. Dans sa précédente tribu on parlait souvent de vodka et chacun rêvait de pouvoir en boire à nouveau un jour. Tous les Roux y avaient goûté un jour ou l'autre et en conservaient un souvenir précis.

— Si tu continues comme tu venais, tu vas te retrouver dans la capitale Leadership Station. A vol d'oiseau, deux cents kilomètres. Par le rail, avec les détours obligatoires pour éviter les montagnes, les crevasses et un peu tout le reste, la distance a vite fait de doubler. Je ne te conseille pas de te rendre là-bas. Ils ont depuis longtemps éliminé les Roux de la station... Tu devrais rester avec moi et m'aider à rabattre les rennes... Derrière cette crête, là-bas, ils sont deux cents... C'est mon troupeau. Je veille sur lui. Je ne tire que les vieux... Excuse-moi, mais c'est partout pareil... Je veille sur les femelles pleines et je maintiens le même nombre de têtes depuis trois ans tout en gagnant bien ma vie, car la viande de renne se vend cher dans la capitale, du moins elle se vendait cher. Ces bêtes-là brouent un lichen qui a un parfum différent car il pousse le long de corniches de roches tendres. Hein, qu'elle es bonne ma viande ? Je la laisse congeler, bien sûr, mais j'en sale un peu et j'en fume pour ceux qui préfèrent. Tu en veux encore ?

Le Roux savait dire non, oui, à la façon des Hommes du Chaud en secouant la tête ou en l'inclinant, et le chasseur parut intrigué.

— Toi, tu as vécu avec des Hommes du Chaud, peut-être sur le toit d'une ville pour gratter le givre, c'est ça, non ?

Le Roux réfléchit et découvrit, dans la confusion de son cerveau, qu'effectivement il avait autrefois gratté le givre sur le toit d'un immense igloo transparent, sous lequel les gens du Chaud s'abritaient.

— Puis tu as rejoint une tribu, mais tu ne peux pas suivre celle-ci quand elle se déplace. Certaines parviennent à parcourir deux cents kilomètres en vingt-quatre heures. Trop rapide, pour un vieux... Enfin, vieux, tu n'as peut-être pas cinquante ans. Moi j'en ai cinquante-cinq et je me considère comme dans la force de l'âge, mais vous avez une vie très dure... Votre métabolisme vous use la santé dans sa lutte perpétuelle contre le froid.

Il s'accroupit en face de son invité.

— Mon nom est Almar et je viens de loin, de Transeuropéenne du nord... Je travaillais dans la Compagnie de la Banquise et me voilà ici à chasser le renne... Toi, c'est comment ton nom ?

Le Roux chercha un peu, sourit :

— Jdriele... Jdriele.

CHAPITRE VI

Farnelle venait de livrer plusieurs radeaux de bois. Son cargo *Princess*, désormais commandé par Zabel, était arrivé quelques jours auparavant. C'était à la tête de huit radeaux de deux mille à trois mille tonnes que Farnelle et son ami Danglov avaient traversé le Pacifique pour alimenter les chantiers.

— Il était temps, lui dit le Kid qui se trouvait précisément à Lacustra, nous n'avons plus de pilotis, plus de planches et le cargo n'a livré que du bois déjà usiné pour construire des immeubles.

Farnelle était fière de son recrutement d'équipages. Outre les anciens pêcheurs de Salt Shop Station, il y avait des Esquimaux en grand nombre, et ils avaient osé affronter les grandes tempêtes de l'océan pour arriver jusque-là. Ils allaient rembarquer sur le *Princess* avec leur chaudière pour retourner au S.I.R.C. et recommencer la construction d'autres cargos.

— Des nouvelles de Jdrien. J'ai appris là-bas qu'il était retenu en otage par le Caudillo. Les relais de la côte ouest fonctionnent assez bien désormais, et les nouvelles arrivent dans le Grand Nord en quelques jours.

— Lien Rag est en train de négocier, mais je crains que nous devions nous soumettre. Dernièrement il réclamait la Patagonie Orientale, quatre hydravions, quatre dirigeables.

— Rien que ça, s'indigna Farnelle. Ne peut-on faire autrement ?

— Nous en cherchons précisément le moyen, mais nous n'en trouvons aucun. Aux dernières nouvelles, Lien Rag serait prêt à lui acheter un ou deux millions de tonnes d'huile de baleine, du balenium, ce qui risque de nous ruiner en partie et d'empêcher la vente de notre fuphoc.

Farnelle se rendit à la Manufacture Kurts, sans toutefois voir Ann Suba qu'après l'avoir attendue.

— Très occupée la présidente, se moqua-t-elle.

— C'est à cause de mon dirigeavion. On vient de le refondre entièrement et j'espère qu'il donnera satisfaction. Si nous réussissons, ce sera un appareil fantastique. Tu viens déjeuner avec moi ? Ils n'ont pas besoin de toi pour disloquer les radeaux.

— Mon copain Danglov s'en charge.

— Il paraît que c'est un costaud.

Farnelle rougit légèrement. La véritable raison de sa visite, elle l'exposa une fois assise dans un bon restaurant :

— Je suis venue te parler de Kurty.

Ann Suba se crispa un peu. Elle avait du remords vis-à-vis de l'enfant, estimait qu'elle aurait dû le garder auprès d'elle. C'était le fils de Kurts, le seul homme qu'elle ait jamais vraiment aimé.

— Kurty veut devenir pilote d'avion.

— Il est bien jeune.

— Dix ans. Ce gamin a besoin d'apprendre, d'aller dans une école, et à S.I.R.C. ce n'est pas l'idéal, ni à bord du *Princess*. Gdami, mon fils, apprend le boulot de marin. Mais un jour lui aussi devra aller dans une école, s'il veut devenir capitaine. Pour Kurty, je veux qu'il apprenne tant qu'il est jeune et je pense que c'est à toi de t'en occuper. C'est le fils de Kurts. Né d'une mère que tu n'as pas connue, c'est néanmoins le fils de Kurts le pirate et tu lui dois ça.

— Je sais, soupira Ann, mais ce sera difficile. Je ne refuse pas, je veux simplement réfléchir. Il ne pourra pas entrer dans mon école de pilotage avant au moins cinq ans. Ici il va y avoir d'excellentes écoles pour tous les âges. Pourquoi pas Titan, où le Kid serait heureux de s'occuper de lui ? Tu connais son attachement aux enfants.

— Le Kid est vieux, toi tu es encore jeune. Tu étais une physicienne de grande renommée, même si maintenant tu fabriques des hydravions. C'est toi qui dois diriger son éducation, veiller sur lui. Avec moi il s'éparpillerait, car je ne suis qu'une aventurière. Il faut que je bourlingue, que j'attaque la vie à coups de poings. Dans la future société qu'on va voir apparaître, il faudra des gens instruits, cultivés, civilisés... A bord du *Princess* on forme de bons marins, courageux, capables de sortir n'importe quel bateau de situations incroyables, mais on forme aussi de grandes gueules, des bagarreurs, des alcoolos, des bringueurs, et je ne veux pas que le fils de Kurts soit un de ces hommes.

— Mais Gdami.

— Gdami depuis longtemps a manifesté les mêmes attirances que moi, et je n'en suis ni fière ni pleine de remords, c'est ainsi.

Avec le Kid elle se rendit sur la route du sud qui, petit à petit, gagnait quelques kilomètres. L'arrivée des radeaux regonflait les enthousiasmes, et un chef de travaux affirma qu'au prochain retour des radeaux on aurait quatre-vingts kilomètres de routes supplémentaires. Farnelle tint le pari, quatre cents dollars, et peu à peu tout le monde paria à sa suite.

— Nous ne pouvons poursuivre une guerre contre la Guilde sous le prétexte que Jdrien est retenu en otage, lui expliqua le Kid. Cependant rien ne nous interdit d'envoyer un commando.

— Liensun y songe-t-il ?

— Je n'en sais rien. Liensun aimerait mieux être ici à surveiller l'édification de sa cité nouvelle. C'est son œuvre, en fait. C'est lui qui a eu l'idée de ces plates-formes de bois à l'infini, de ces routes. Le modèle djougien l'a certes aidé, toutefois, il l'a amélioré et il prévoit surtout un avenir, ne cherche pas à conserver un passé qui a failli. Je suis entièrement derrière lui, pourtant tu sais combien je me suis méfié de lui, dans le temps.

— Quand il est revenu avec le *Rewa* plein de charbon tu l'as même fait emprisonner, lui rappela Farnelle.

— Je voulais lui prendre son charbon... Nous étions comme des bêtes sauvages, avec ce réchauffement. Je venais de perdre ma Compagnie de la Banquise, un véritable empire que j'avais bâti en vingt ans. Quel empire ! Nous devenions les plus puissants, les plus admirés au monde, et la Panaméricaine suivait péniblement en s'essoufflant. Quand je me suis vu avec ces quelques kilomètres carrés d'île et le volcan Titan, j'ai cru devenir fou de désespoir. Tout s'était écroulé. Mon merveilleux viaduc avait complètement disparu dans l'océan Pacifique. Moi qui voulais me relier à la Panaméricaine, je n'étais plus qu'un roitelet. Et pour nourrir, améliorer le sort des miens, j'étais prêt à tout, à voler ce charbon que Liensun avait ramené dans des conditions inimaginables. Lui et Zabel perdus sur la banquise en train de se disloquer, partis à la recherche d'un vieux charbonnier qui normalement n'aurait jamais dû rester à la surface des eaux mais couler. Il a réussi et il va réussir sa Lacustra City. Il est encore assez sauvage pour ne pas s'embarrasser de préjugés, assez fourbe, calculateur, prétentieux... Il les a tous, les défauts qu'on pourrait citer, tous, mais c'est ce qui fait sa force.

Farnelle restait plus réservée. Liensun était l'élément moteur de l'Omnium du Pacifique, société financière et économique qui entre autres construisait Lacustra City, mais importait aussi du fuphoc et faisait des affaires.

— C'est une belle cité, disait le Kid, et cette fois on abandonne totalement le rail sauf comme moyen de transports mais la route y sera jointe. Les immeubles ne sont plus hypocritement en état de rouler comme le prescrivait la CANYST. Ce sont de beaux immeubles en bois, chaleureux, où il fait bon vivre. Même les bureaux, les ateliers sont agréables, et personne ne se plaint. Je sais qu'un jour il y aura des revendications, des grèves, des affrontements, mais ce sera le signe que notre société a déjà bien avancé, qu'elle est assez adulte pour s'occuper de problèmes sociaux. Ce sera le signe que nous ne survivons plus, mais que nous vivons enfin une ère de prospérité à laquelle chacun estimera avoir le droit de participer.

Liensun avait de l'enthousiasme, certes, le Kid gardait le sien intact. Il travaillait dur malgré son handicap physique, l'homme aux jambes de bébé comme l'appelaient autrefois les Roux. Il se déplaçait sans cesse entre Titan, Lacustra City, Markett Station et la Nemicie.

— Lien Rag accompagne Liensun pour ces pénibles discussions sur le sort de Jdrien. Nous perdons un temps fou mais Yeuse ne veut pas céder sur la Patagonie Orientale et on ne peut la désapprouver. Par la suite, le Caudillo demanderait autre chose.

— Les relations avec Tharbin depuis le bombardement de China Voksal ?

— Excellentes, car nous lui fournissons tout ce dont il a besoin. La reconstruction de sa capitale va commencer. On en fera une ville beaucoup plus harmonieuse si c'est possible. Il est certain que le Consortium sort amoindri de cette crise qui avait commencé bien avant que nous attaquions. Il a compris depuis que son alliance avec un fou du type du Caudillo était stupide, mais il faut se mettre à la place de Tharbin. Notre intransigeance sur l'île aux Phoques l'a forcé à se rapprocher de la Guilde. Maintenant que l'île aux Phoques disparaît peu à peu et que l'huile d'éléphant de mer proviendra de la Patagonie Occidentale, l'équilibre sera meilleur. Yeuse traitera avec nous, bien sûr, mais aussi avec le Consortium, et la compétition sera différente. Lacustra City deviendra un exemple pour tout l'univers, crois-moi.

CHAPITRE VII

A l'intérieur de la baleine volante, Liensun, mal à l'aise dans cet espace réduit et un peu confiné, restait silencieux, faisait mine de s'intéresser à la manœuvre. Les Hommes-Jonas, Xave et Rewa surtout, étaient en communication constante avec l'animal grâce à un circuit interne qui les mettait en relation directe avec le cortex cérébral du cétacé.

— Jdrien est toujours au même endroit, murmura Rewa.

Ce qui agaça Liensun qui ne parvenait pas à capter les ondes mentales de son frère. Il fallut que la baleine plafonne à moins de cinquante mètres pour qu'il puisse enfin surprendre les pensées de Jdrien et l'avertisse de sa présence dans la Solina. Celle-ci descendait très lentement vers une déchirure du dôme de la station. Ce dôme en matière plastique était composé d'alvéoles d'air pressurisé enserrés dans deux couches séparées par un mètre environ. La déhirure permettait juste le passage de l'énorme corps de l'animal qui, profitant de l'absence de vent, pouvait perdre de l'altitude sans avoir à bouger. Toutefois le risque restait énorme. Des projecteurs tenaient le wagon dans leurs faisceaux et leurs halos montaient à plus de dix mètres au-dessus du toit du wagon-prison.

— J'ai été quelque peu malmené par différentes secousses, disait Jdrien, mais ils n'ont pas jugé utile de me changer d'endroit, et je pense qu'ils ont épuisé toutes les possibilités d'endroits hermétiques où m'enfermer. Depuis que cette feuille de plomb a glissé du toit de cette voiture, j'ai pu enregistrer différentes pensées extérieures. Les habitants sont à bout de résistance. A la fois pleins de haine pour les Roux, mais aussi contre les Harponneurs et le Caudillo dont l'impuissance leur ouvre les yeux, je suppose. Herandez a dû rapatrier ses troupes de Patagonie pour empêcher les troubles. Il a préféré perdre la guerre que perdre son pouvoir et, désormais, c'est un régime de terreur qu'il impose. J'ai pu mesurer par la pensée l'épaisseur du toit au-dessus de ma tête. De haut en bas il se compose d'une plaque de plomb de cinq centimètres d'épaisseur, d'une autre plaque en matériau composite très dur à percer. Il y a un vide d'air cloisonné et un faux plafond en faux bois épais de quatre centimètres. Le plus dur sera de venir à bout de cette plaque de matériau composite. Des radars sont, paraît-il, installés qui surveillent à la fois le sol et le ciel. Le dirigeable n'aurait jamais pu descendre vers moi mais le spot de la Solina va certainement apparaître sur les écrans.

— Nous pensons, répondit Liensun, que l'alerte n'ayant pas été donnée par les postes plus importants qui surveillent l'approche de la station, la veille autour de ta prison est relâchée.

— C'est toi qui vas venir me chercher, comme dans Jelly?

Liensun sourit, essaya de ne penser qu'à la tâche qui l'attendait. Pour percer cette plaque de matériau composite, il aurait besoin de plusieurs minutes.

— Dix centimètres, dit encore Jdrien, et même une pointe d'acier spécial en viendra difficilement à bout. Il faudrait la dévisser mais on l'a fait depuis l'intérieur du wagon et la tête de ces vis est inaccessible.

— Tu crois qu'elles résisteraient à un arrachement de deux cent cinquante tonnes? demanda Liensun.

— C'est le poids de la Solina?

— Nous allons l'utiliser comme engin de levage, comme

nous le faisons avec les dirigeables sur les chantiers de Lacustra City. Mais le bruit sera tel que tes gardiens interviendront assez vite. Tu n'auras que quelques secondes pour te glisser dans l'ouverture, t'agripper à moi et nous monterons dans les airs. En même temps que la plaque arrachée. Nous pourrons éventuellement l'utiliser pour nous abriter si les gardiens se mettent à tirer. La Solina devra bien viser l'échancrure du dôme pour s'élever très haut. Tout est énormément risqué, improvisé, mais il n'y a pas moyen de faire autrement. J'avais pensé à une diversion par les quais, cependant nous n'avons pas le temps et le dirigeable est ancré trop loin. Les Harponneurs doivent nous savoir dans le coin sans comprendre pourquoi nous sommes au sud.

Xave descendit le premier jusqu'au toit de la prison. L'instant le plus critique fut celui où il pénétra dans le halo des projecteurs qui peu à peu devenait de plus en plus lumineux. Son ombre fut même projetée contre la façade d'un train d'habitation voisin, haut de quatre étages. Depuis l'habitacle de la Solina, Liensun put distinguer parfaitement les gestes de l'Homme-Jonas grâce à cette projection en noir.

Xave s'était chargé d'attacher les élingues aux quatre coins de la plaque en matériau composite. Auparavant, il devrait déplacer la première plaque en plomb. Celle-ci, épaisse de cinq centimètres sur trois mètres de large et quatre de long, devait peser de façon considérable et Liensun se demandait si le garçon réussirait à la soulever. Il n'y avait aucun gardien de visible. Avec le dôme déchiré, un froid mortel régnait désormais dans cette partie de la station, et les habitants se calfeutraient chez eux. Les gardiens devaient loger dans le wagon-prison et aussi tout autour, dans les trois draisines blindées qui protégeaient ce quai interdit à la circulation.

— Je ne pense pas que Xave y parvienne, prévint Jdrien par télépathie.

— J'y vais, dit Liensun.

Mais Hiel l'avait déjà précédé et se laissait glisser le long du câble, rejoignait son ami. Son ombre se confondit sur la façade du wagon d'habitation avec celle de Xave. Mye s'approcha de Liensun, souriante :

— Nous allons réussir, n'est-ce pas ?

— Si vous le pensez, répondit Liensun sèchement.

Cette fille était amoureuse de son frère et comme lui paraissait baigner dans une béatitude rayonnante, dans le même sirop un peu fade de l'honnêteté absolue envers soi-même et les autres.

— Il faut que j'y aille, dit Liensun, sinon ils ne réussiront pas et nous perdons trop de temps.

Il sortit de l'habitacle, faillit glisser sur le mucus qui recouvrait le corps de la Solina. Il ne savait pas pourquoi elle exsudait cette matière un peu gluante. A cause de l'effort qu'elle fournissait pour se maintenir immobile, avec juste un très faible balancement de sa nageoire caudale ? Le stress ? Liensun, malgré son masque, respira une très forte odeur de poisson et se dit en ricanant que n'importe quel garde, sortant jeter un coup d'œil au-dehors, percevrait aussi ce relent corsé de varech et de coquillages avancés. Ce qui ne manquerait pas de surprendre un homme habitant à plus de deux cents kilomètres de l'océan.

Il arriva à temps sur le toit pour empêcher la plaque de plomb de glisser sur le quai. Il la retint de toutes ses forces tandis que les deux Hommes-Jonas récupéraient leur souffle. Puis à eux trois ils allèrent la déposer sur le wagon même.

De là-haut, Rewa et Mye envoyèrent les élingues qui allaient être accrochées aux quatre coins de l'autre plaque. Liensun connaissait ce type de matériau si dur que même une pointe au diamant en venait difficilement à bout. Mais par contre il résistait mal à une forte traction et, en tirant sur ses quatre coins en même temps, on allait la briser en plusieurs morceaux. La remontée brutale de la Solina vers le ciel correspondrait à une poussée de plus de cent tonnes, étant donné le poids de l'animal et sa force ascensionnelle.

— Jdrien, il faut te préparer. Tu peux accéder facilement au toit ?

— J'ai réussi à déplacer ma couchette qui était vissée au sol. Je peux la dresser en quelques secondes.

— Je ne peux te dire exactement où ça va casser ni où il y aura assez d'espace pour que tu puisses glisser ton corps. A toi de voir... Autre chose, tu es éclairé comment ?

— Appliques murales.

— Une chance, car avec un plafonnier on provoquait une panne qui t'aurait plongé dans le noir absolu. Donc prépare-toi.

Xave et Hiel remontèrent vers la masse énorme de la baleine qui se balançait à moins de dix mètres dans une épouvantable odeur de marée. Liensun s'écarta sur la droite, s'accroupit, surveillant les élingues. L'une d'elles pouvait céder et venir le frapper cruellement. Dans les superstructures du dirigeable, c'était souvent qu'un caténaire claquait et cinglait l'air autour de lui. Il avait vu mourir plusieurs marins ainsi frappés, l'un d'eux ayant même été décapité.

Les élingues se tendaient, mais leur élasticité jouait aussi, donnant un léger sursis à l'opération. Il leva la tête, vit que le ventre de la Solina s'éloignait lentement. Les filtres à hélium de l'animal devaient fonctionner à plein régime, et d'ailleurs il percevait un léger ronflement, celui de l'hélium envoyé en grosse quantité dans toutes les vessies, toutes les cavités de ce corps énorme. Combien de mètres cubes pour permettre à cette masse de chair et d'os de décoller ? Il se promit de la calculer un jour, mais pour l'instant il regardait la plaque de matériau composite qui vibrait mais ne paraissait pas disposée à céder. Qui des élingues ou d'elle offrirait la plus longue résistance ?

CHAPITRE VIII

Le chasseur de rennes voulait lui donner de la viande fumée, mais il préféra la salée et la congelée, s'arrangea pour en faire une sorte de bâton qu'il pourrait poser sur son épaule. Il avait bu un peu de bière, un peu d'alcool, fumé aussi un peu de tabac et il s'en alla. Almar essaya de lui faire promettre de repasser par le même chemin pour lui rendre visite :

— Qui sait peut-être que tu accepteras de rester avec moi pour me rabattre les rennes. Ce n'est pas difficile, tu sais. Tu cries beaucoup et tu claques deux morceaux de fer l'un contre l'autre. Ça leur fait peur et ils se mettent à courir. Très vite, les jeunes sont en tête et les plus vieux à la traîne, les femelles pleines viennent loin derrière. Les vieux, on les reconnaît très bien, et je n'ai qu'à tirer une balle pour en abattre un. Evidemment, il faudrait que je puisse vendre les carcasses, et tant que la circulation n'est pas rétablie avec Leadership Station, je ne peux plus chasser.

Il le mit en garde contre les habitants de la ville qui risquaient de le tuer.

— Ils détestent les Roux, et même avec ta peau minable et ta queue recroquevillée, il te descendront quand même.

Jdriele marchait sans se retourner. Il franchit la ligne de crête, découvrit l'immense cirque où les rennes vivaient. Il en aperçut quelques-uns sur les étroites corniches rocheuses, en train de brouter les lichens. Ces derniers soulignaient d'une végétation épaisse, de couleur rouge, les strates qui séparaient les roches. Jdriele aurait bien aimé rester par là et essayer d'attraper une femelle pour boire son lait.

Almar l'avait questionné, voyant qu'il connaissait quelques mots d'anglais, mais Jdriele n'avait pu expliquer pourquoi il marchait vers la capitale de l'Antarctique. Il n'y avait pas de givre à gratter sur le dôme.

Plus tard, soudain frappé d'une idée, Almar lui avait demandé si c'était à cause de ce Messie des Roux, Jdrien que les Harponneurs détenaient comme otage et venaient de condamner à être pendu.

— C'est ton dieu, pas vrai, et tu veux faire quelque chose pour lui sauver la vie, mais c'est de la folie, tout seul tu n'arriveras à rien.

— C'est mon fils, dit Jdriele tout étonné de répondre cela.

— Ton fils ? Mais vous n'avez pas l'habitude de considérer qu'il n'y a qu'un seul père pour chaque enfant. Je connais bien vos mœurs, tu sais, et chaque enfant a tous les mâles de la tribu pour papa… Et même plus tard, quand il a un an, le bébé ne saurait dire qu'elle mère l'a mis au monde puisqu'il a tété toutes celles qui pouvaient le nourrir.

— Mon fils, répéta Jdriele.

— Bon, d'accord, ton fils parce que tu te mets à la place de ta tribu. D'accord, ton fils… On dit pourtant que lui a connu sa mère et son père, ce qui est tout à fait exceptionnel. Le corps de sa mère est dans un mausolée de glace transparente… Comment s'appelait-elle déjà ?

Jdriele chercha un peu puis se souvint :

— Jdrou.

— C'est cela… Pourquoi a-t-on recherché la mère de ce gosse, parce qu'il était d'essence divine ? Et son père était un Homme du Chaud, Lien Rag… Celui-là je le connais… Je veux dire qu'il est si célèbre que je sais qui il est, à quoi il ressemble, même si je ne lui ai jamais parlé. J'aurais pu du temps où je travaillais sur le fameux viaduc géant du président Kid, mais les circonstances ne l'ont pas voulu.

Jdriele marcha toute la journée, grignotant un peu de viande, et lorsqu'il s'arrêta pour quelques heures de sommeil, il avala de la viande salée. Il repartit avec l'aube, et dans cette deuxième journée il dut traverser un certain nombre de réseaux. Il le fit avec d'infinies précautions chaque fois, ne se permettant pas la moindre négligence. D'ailleurs quelques monstres l'épouvantèrent et il s'en tint éloigné, attendit longtemps avant de sauter par-dessus les rails. Il y en avait plus que tous les doigts de ses mains et de ses pieds. Il en avait le vertige, préférait ne pas les regarder. Il sautait en tendant l'oreille, sachant qu'il n'avait plus la même acuité qu'autrefois pour percevoir les bruits.

Dans la soirée il aperçut le rayonnement lumineux de Leadership Station, et déjà la chaleur produite par cette ville commença de l'importuner alors qu'il était à deux heures de marche. Il savait qu'il allait souffrir du chaud et qu'il risquait de mourir s'il pénétrait dans cet igloo géant. Mais obligé de remonter vers le sud pour éviter une station satellite de la grande agglomération, il découvrit avec soulagement que de ce côté-là la grande cité des hommes du chaud ne diffusait plus de chaleur, et il comprit que le toit de l'igloo s'était effondré en plusieurs endroits, laissant entrer l'air polaire. Il préférait donc aller dans cette direction.

Il aperçut un groupe d'hommes le long d'un réseau en train de travailler et il fit encore un détour, mais dut suivre une ligne de voie ferrée avec la certitude qu'il allait se faire dévorer par un de ces monstres tonitruants.

La nuit était venue lorsqu'il arriva devant une écluse d'accès. Celle-ci, détruite par un séisme, ne permettait plus aux convois de pénétrer dans la ville, mais un piéton pouvait l'emprunter. Il n'y avait plus de gardes et même plus de lumière à cet endroit.

Jdriele ne savait pas que ses frères Roux construisaient sous la surface de la glace de grandes galeries jusque sous la station, et que de ces galeries ils creusaient des puits verticaux pour provoquer des éboulements. Almar lui avait raconté que son peuple avait déclaré la guerre à la Guilde des Harponneurs.

— Les Roux veulent garder ce territoire pour eux car ils savent qu'ailleurs il leur sera impossible de survivre tant il fera chaud. Mais ça ne fait pas mes affaires. Je ne pense pas qu'ils accepteront que je reste sur place, et d'ailleurs à qui je vendrai ma viande de rennes, tu peux me le dire ?

Jdriele pénétra dans l'écluse qui, il n'y avait guère, donnait accès aux différents quais. L'air y était soigneusement préservé du froid. Un train pénétrait dans une première partie ouverte vers l'extérieur. On refermait les portes et l'on ventilait un air plus chaud. Quand l'équilibre était réalisé, le convoi passait dans une seconde partie où pouvaient avoir lieu les vérifications policières et sanitaires.

Jdriele savait tout ça, sans même essayer de comprendre comment il avait pu accumuler de tels souvenirs. On lui disait, Almar par exemple, qu'il avait dû gratter le givre sur les toits des stations. Lui avait des réminiscences plus confuses, se voyant installé dans un compartiment en train de passer une écluse de ce type, mais dans un autre endroit, assez éloigné même. Comment avait-il pu survivre dans un compartiment chauffé, alors qu'à zéro degré un Roux ne survivait que quelques heures, et à vingt degrés pouvait mourir en moins de soixante minutes ?

Dans la deuxième partie de l'écluse, il trouva de la nourriture d'Homme du Chaud, une boîte qui pouvait s'ouvrir facilement et dans laquelle il trouva des morceaux d'un produit très sucré. Il mangea avec plaisir, cette saveur éveillant en lui des échos très vagues. Ça aussi, il y avait goûté autrefois, mais il ne savait ce que c'était.

Dans l'obscurité des quais il pénétra dans ce quartier nord, découvrit que les wagons où habitaient ces gens du Chaud étaient tous enfoncés profondément dans la glace, à quelques exceptions près, et rendus inutilisables. Dans ceux qui restaient intacts, il y avait de faibles lumières qui éclairaient des ouvertures vitrées. Il s'approcha de l'une d'elles, découvrit quatre êtres du Chaud autour d'une table en train de manger. Au centre s'élevait une fumée d'une sorte de récipient cylindrique. Il y avait une femme vieille, une jeune, un homme et un enfant. Il crut sentir l'odeur de ce qu'ils mangeaient et la saveur se manifesta dans sa bouche comme si vraiment il venait d'en avaler un petit peu. Il crut même un instant que le nom exact lui reviendrait en mémoire, mais non. Il n'avait pas le temps de chercher ce genre de chose. Il continua d'avancer avec précaution dans la station en partie détruite, se glissant sous les bogies des wagons dès qu'un bruit l'alertait. Il dut traverser des rails, mais comme ils étaient tordus, voire cassés, il le fit sans crainte. Aucun monstre ne pourrait le menacer puisqu'il ne pouvait marcher, courir sur ces longs traits noirs.

Il n'avait pas idée de l'endroit où il se rendait, cependant savait qu'il finirait pas l'atteindre. C'était son fils Jdrien qui était enfermé dans une de ces curieuses choses qu'il appelait des igloos, mais qui n'en avaient pas du tout la forme. Faute de trouver un nom, il continuait à parler d'igloo. Il ne savait pas pourquoi il appelait Jdrien son fils ni pourquoi il voulait le retrouver. Tout avait commencé lorsque sa tribu l'avait abandonné au cours d'une très longue marche de quinze jours en direction d'une colonie de phoques. La tribu, ne trouvant plus que des ovibos maigrés et des femelles sans lait, avait décidé d'aller chasser le phoque qui lui était gras et nourrissait son homme. Tout de suite le rythme de la migration avait été tel que Jdriele s'était trouvé à des heures de marche loin derrière. Il lui fallait deux jours pour arriver à l'endroit que sa tribu avait atteint en un seul. Il y trouvait quelques déchets de nourriture, insuffisamment au fur et à mesure que ses frères s'éloignaient; les animaux passaient avant lui pour tout dévorer.

Une nuit il avait rêvé d'un enfant qui n'était ni un Roux ni un Homme du Chaud, qui tenait des deux. Il avait aimé ce rêve et, désormais, chaque nuit il avait fait revivre cette image, se rendant compte que l'enfant grandissait, devenait un adolescent puis un homme. Et puis l'image s'était immobilisée. Il avait eu beau faire, Jdrien lui apparaissait figé comme s'il était mort.

Alors il avait cessé de suivre sa tribu et s'était tourné vers le pôle Sud, avec l'intention d'aller dans cette direction. Et dès la première nuit il avait compris qu'il avait bien fait de choisir un chemin différent, car l'image de Jdrien s'était animée. Très peu au début, de plus en plus au cours des nuits qui suivirent, et il finit par comprendre que Jdrien était retenu dans une sorte de piège par les Hommes du Chaud d'où il ne pouvait s'échapper. Il avait essayé de l'interroger, toujours en rêve, mais le garçon ne paraissait pas l'entendre. Il lui avait fallu encore quelques nuits pour se rendre compte que son fils ne savait même pas que son image s'évadait de lui pour aller visiter son père dans son sommeil.

Il rampa sous toute une série de wagons, se tacha avec de l'huile figée qui à son contact se liquéfia un peu et enduisit sa fourrure de sa gélatine puante. Il dut se nettoyer avec soin un peu plus loin.

Sous les wagons de ce quartier nouveau, moins endommagé que le précédent, il surprenait tous les bruits de la vie quotidienne de ces gens-là. Des bruits d'eau surtout dans les canalisations qui s'enfonçaient sous la glace, des bruits de machines aussi, et des bruits de conversation. Les Hommes du Chaud parlaient décidément beaucoup et certainement pour ne rien dire. Mais parfois il comprenait quelques mots.

CHAPITRE IX

Grathe s'était porté volontaire et Isaie avait piqué une crise d'hystérie inattendue. Au début, pourtant, ils dînaient tous les trois ensemble dans l'immense cuisine communautaire. Isaie avait même préparé une sorte de ragoût agréable avec de la viande de cochmouth et des haricots de soja venus à terme dans un des germoirs qu'ils entretenaient à ce niveau.

Gus expliquait que dans les navettes devaient se trouver un programme enregistré qui leur permettait d'affronter les couches terrestres quand elles retournaient sur la planète.

— Elles sont sur des rails lumineux, certes, mais je pense qu'une double précaution fut prise au cas d'une défaillance de ces deux rails de lumière avant que la navette ne pénètre trop brutalement dans l'atmosphère et ne brûle toute.

— C'est dangereux d'aller dans le silo des navettes qui est désormais envahi par le vide sidéral et toutes les saloperies qui flottent autour du Bulb. La dernière fois ce fut épouvantable, expliquait Isaie au jeune garçon. Il a fallu se débarrasser des cadavres de toute nature, d'ordures, enfin de déchets dégoûtants. Gus a même failli y rester, le temps que j'envoie un gaz qui modifiait l'attraction du Bulb et inversait l'électricité statique.

— Il n'y a plus qu'à envoyer ce gaz avant, dit Gus. J'enfilerai un scaphandre de cosmonaute. Je pense savoir où se trouvent ces programmes dans les navettes, j'espère faire une bonne récolte.

— J'aimerais bien vous accompagner, dit alors Grathe.

— C'est pas une partie de plaisir, se hâta de dire Isaie, et tu le regretterais vite.

— Je voudrais quand même y aller avec Gus. Ça doit être passionnant.

— Et moi je te dis que non, cria Isaie, agacé.

Gus prépara son expédition avec soin, retrouva un plan des navettes et lorsqu'il commença de vérifier son scaphandre Grathe arriva et demanda lequel il pouvait enfiler.

— Isaie est d'accord ?

— Je ne veux pas qu'il me commande ce que j'ai à faire, dit le jeune garçon. Je veux aller dans ce silo avec vous et vous aider.

— Je ne pense pas que ce soit raisonnable. Il faut un certain entraînement. Chaque fois que je passe le sas et que je pénètre dans le vide sidéral, c'est toujours un grand choc traumatisant, et je ne voudrais pas que vous en ressortiez démoli pour longtemps.

— Je suis moralement plus fort que vous ne pensez.

Isaie arriva en hurlant et voulut arracher le scaphandre des mains de Grathe qui se défendit avec vigueur. Gus dut les séparer et Isaie le frappa comme un sauvage, si bien que Gus dut l'étendre pour le compte d'un coup de poing. Isaie tomba à terre, resta quelques secondes assommé puis eut sa crise d'épilepsie ou d'hystérie, avec le corps tétanisé et la bave à la bouche. Ils durent le transporter dans sa cabine, lui faire avaler des neuroleptiques.

— On y va pendant qu'il est calme ?

— Je préférerais attendre, dit Gus.

— Je vais vous aider... A nous deux on fera plus vite.

— D'accord, mais il faudra qu'on s'occupe nous-mêmes du sas. Ce n'est pas toujours facile avec ces scaphandres, et en cas de pépin il vaudrait mieux qu'il y ait quelqu'un à l'extérieur.

Cependant il avait hâte de disposer de ces programmes de retour sur Terre. Il les copierait de façon à les adapter à la masse du Bulb. Il y pensait depuis quelque temps, mais le travail que représentait l'adaptation à l'animal de l'espace l'avait toujours rebuté. Il en aurait pour des jours et des nuits.

Une fois en scaphandres, ils passèrent dans le sas et envoyèrent le fameux produit qui inversait les pôles d'attraction, puis Gus chassa l'air et ils se retrouvèrent dans le vide sidéral. Grathe ne put s'empêcher de saisir le bras de Gus dans sa main gantée. Malgré l'épaisseur du scaphandre, Gus devina la nervosité de son jeune compagnon. Des cadavres de toutes tailles flottaient encore dans le silo immense. Ils n'avaient pas réussi à les éloigner suffisamment et ils étaient des dizaines dans le fond, tout à côté de la déchirure de la carapace du Bulb ouverte sur le vide sidéral. Des fœtus, des garous, des hommes, des femmes à peu près normaux, des cadavres d'animaux, des déchets de toute nature. De temps en temps, le système d'égout recyclé se mettait en panne et les effluents étaient rejetés au-dehors. Ils formaient de grosses bulles inquiétantes remplies de matières écœurantes.

Gus s'approcha de la première navette et en ouvrit la trappe. Il se glissa à l'intérieur, vérifiant la pression de son oxygène. Tout irait bien s'il mettait la main sur le petit tube noir et rouge qui contenait des millions d'informations pour un retour calculé sur Terre. Le seul ennui était que ces navettes suivaient toujours le même parcours et que le terminus en était Concrete Station. Qu'était devenu Concrete Station avec le réchauffement ? La formidable installation construite en béton sur un enrochement sous-marin avait-elle résisté aux nouvelles conditions climatiques ? Au réchauffement de l'eau ? Un réacteur nucléaire réglait toute l'activité interne, mais son refroidissement ne pouvant plus s'effectuer dans de bonnes conditions avait-il explosé ? La radioactivité, dans un large rayon, pouvait être mortelle des années durant.

Dehors, Grathe contemplait avec effroi ces étranges machines mais gardait un œil sur le troupeau de cadavres qui était animé d'étranges mouvements là-bas dans le fond. Il y avait aussi cette déchirure qui s'ouvrait sur l'immensité des étoiles. Il se sentait paralysé de terreur, et quand Gus reparut il en fut énormément soulagé.

— Regarde, dit Gus avec joie en lui montrant un petit tube insignifiant qu'il tenait entre deux doigts gantés.

— C'est ça ?

— Il m'en faut encore deux ou trois et puis nous rentrerons. Tu as vérifié ton oxygène ?

— Oui... J'en ai pour une demi-heure encore.

— Tu en as consommé beaucoup, remarqua Gus qui connaissait la raison de cette dépense élevée.

La peur accélérait la respiration. Il s'en méfiait, réglait son propre rythme en s'efforçant de ne pas céder à la panique. Le garçon lui montra la masse confuse des cadavres, les grosses bulles de déchets :

— C'est pas rassurant.

— Oublie-les.

Il se glissa dans une autre navette et eut beaucoup plus de mal à trouver le programme car il s'agissait d'un modèle plus récent modifié. Il ne ressortit que dix minutes plus tard. Grathe s'était éloigné pour se diriger vers le sas et Gus se demanda s'il était raisonnable de continuer sa cueillette. Avec deux programmes, il avait de quoi faire.

Grathe se retourna vers lui et à travers le hublot il paraissait très pâle. Gus se laissa flotter vers lui et le saisit par le bras :

— Ça va ?

— Je préférerais rentrer. Je me sens irrésistiblement attiré par ce trou là-bas, par ces cadavres.

— C'est une impression qui n'a rien de réel. Ton psychisme te joue des tours, c'est tout. Un vertige superficiel...

— Je vous assure que je préférerais rentrer.

— Si tu veux, passe dans le sas où tu seras mieux, mais

ne fait pas fonctionner l'arrivée d'air. Je n'en ai que pour dix minutes.

— Oui, c'est entendu.

Il trouva un troisième programme assez vite mais s'attarda à récupérer aussi un autre schéma d'instructions précises sur les navettes. On ne savait jamais, et il n'avait pas envie de revenir une fois de plus dans un pareil endroit.

Grathe semblait lui avait obéi et avait dû pénétrer dans le sas pour l'attendre. Il aurait dû lui recommander de tourner le dos aux masses de cadavres et de déchets et de penser à tout autre chose. Mais dans moins de cinq minutes ils pourraient ôter leur casque et respirer à l'air libre. La porte du sas était refermée et il tapa à la vitre épaisse pour attirer l'attention de Grathe. Ce dernier lui fit signe qu'il venait ouvrir, mais soudain Isaie pénétra dans le sas, vêtu d'un scaphandre et retint le garçon à deux mains.

Gus ne comprit pas tout de suite ce qui se passait, crut que Grathe avait un malaise. Mais très vite il sut qu'Isaie, fou de jalousie, venait chercher son protégé pour l'entraîner hors du sas sans même un regard pour Gus. Donc le sas était déjà rempli d'oxygène et il ne pouvait plus y pénétrer, la porte se bloquant automatiquement.

— Isaie, cria-t-il, espérant que le petit médecin l'entendrait. C'est stupide, voyons. Je n'ai jamais essayé de vous voler Grathe. Il a voulu venir avec moi, c'est tout. Qu'allez-vous imaginer? C'est complètement stupide comme attitude. Je rapporte les programmes de retour à la Terre et nous allons pouvoir les adapter au Bulb.

Mais il ne voyait plus les deux autres. Il regarda son manomètre qui n'indiquait plus que dix minutes d'oxygène à respirer.

CHAPITRE X

Liensun durant quelques secondes pensa que les élingues allaient se rompre et fouetter l'air, mais la plaque en composite commença à se craqueler. Le bruit, d'abord faible, devint effroyable, et il trouva étonnant qu'aucun garde ne s'en rende compte. Et puis d'un seul coup, dans un dernier arrachement, la plaque se détacha du wagon. En dessous, Jdrien avait réussi à démolir le faux plafond en imitation de bois et Liensun voyait apparaître la chevelure or de son frère. Comme une auréole, pensa-t-il. Il se précipita, baissant la tête à cause de la plaque qui tournoyait dangereusement au-dessus de lui. Il tendit la main à Jdrien et le tira non sans mal de sa cellule. Jdrien y laissa des touffes de sa fourrure et de sa combinaison. Mais il réussit à saisir le harnais accroché à l'une des élingues tandis que Liensun s'emparait de l'autre.

— Allez-y! hurla Liensun.

La baleine volante remontait avec force vers la déchirure du dôme. En quelques secondes, si elle gardait cette vitesse ascensionnelle, Liensun pensa qu'ils seraient hors d'atteinte, dans la zone obscure juste au-dessus du halo des projecteurs.

— Attention, dit Jdrien.

En même temps il se jeta sur la plaque qui tournoyait. Trois gardes venaient de sortir des draisines blindés, rejoints par un quatrième venant directement du wagon-prison. Ils tirèrent aux minimissiles vers ce qu'ils prenaient pour une plate-forme s'élevant dans les airs avec leur prisonnier et un autre individu.

Les balles-missiles ricochaient sur le matériau composite très dur et allaient fracasser les vitres des wagons d'habitation voisins, soulevant des geysers de glace.

— Plus vite ! hurlait Liensun. Plus vite !

Lui aussi venait de se jeter sur la plaque à l'abri des coups de feu. Ces minimissiles pouvaient déchiqueter un corps de façon irrémédiable. Leur vitesse de pénétration élevée, leur explosion retardée en faisaient une arme épouvantable, bonne pour démoraliser un ennemi. Un soldat qui voyait son voisin soudain transformé en charpie ne pouvait qu'avoir envie de faire demi-tour et de fuir.

— Quelques secondes et nous nous en tirons, dit Liensun à son frère qui lui sourit d'un air parfaitement serein.

Mais soudain la Solina cessa de s'élever. Elle plafonnait, animée de mouvements bizarres qui se répercutaient sur la plaque. Celle-ci basculait dans tous les sens, offrant les deux garçons au feu des gardes. Ces derniers étaient désormais une demi-douzaine et tiraient sans arrêt. Une des draisines ouvrait également le feu à l'aide d'une mitrailleuse lourde.

— Mais que se passe-t-il ? hurlait Liensun.

Jdrien, levant la tête, put le renseigner :

— La baleine est empêtrée dans la déchirure du dôme. Elle a mal calculé son approche et se trouve désormais en travers. Des écharpes de matière plastique paralysent ses nageoires et elle donne de violents coups de queue pour se dépêtrer.

Ce qu'il ne pouvait voir, c'était Xave et Hiel qui, sortis sur le dos de leur amie, essayaient de la libérer de ces déchiquetures de plastique très longues qu'ils n'avaient pas remarquées lorsque la Solina avait plongé à l'intérieur de la cité. Quand elle avait voulu remonter par la même voie, son grand corps s'était décalé et les bandes de plastique avaient fait la reste.

– Elle est prisonnière, dit Liensun, désespéré. Ils vont finir par nous avoir.

Xave, à l'aide d'une longue lame taillée dans un fanon de baleine, réussissait à trancher ces dizaines de lianes de plastique qui paralysaient les mouvements de l'animal. En se débattant, elle avait accru la déchirure en direction du nord et, alertés, les services de sécurité arrivaient à grand renfort de sirènes tandis que d'autres projecteurs éclairaient le dôme. La masse noire de la baleine apparaissait aux yeux des premiers témoins incrédules qui commencèrent par crier qu'un dirigeable était pris dans les effilochures du dôme. Il y eu des photographies de prises et qui, une fois développées, révélèrent la vérité. On parlait quelquefois de cette race de baleines volantes, mais personne n'y croyait vraiment sauf quelques Harponneurs qui les avaient aperçues lorsqu'ils chassaient le cétacé sur une des branches latérales du fameux viaduc de glace.

Liensun réussit à rétablir l'équilibre de la plaque en matériau composite, et son frère et lui purent enfin se tenir à plat ventre au centre, à l'abri des minimissiles, mais la mitrailleuse lourde effectuait un patient travail de découpe juste en dessous et chaque rafale les faisait tressauter douloureusement.

– Ils tirent toujours sur le même endroit. Bientôt ils obtiendront un trou.

Ils pouvaient entendre le ronflement puissant de la baleine qui fournissait des efforts considérables. Elle se contractait tant que les énormes berniques fixées à sa peau comme des sangsues se détachaient et tombaient par dizaines, certaines devant peser près d'une livre. Les gardes crurent que depuis ce qu'ils prenaient pour un dirigeable on les bombardait avec ces coquillages et ricanèrent, trouvant cette arme dérisoire.

Outre la respiration haletante, énorme de la baleine, les cris de Xave et de Hiel leur parvenaient. Ils se démenaient, tailladant dans le dôme avec frénésie, et les deux femmes les aidaient de leur mieux. Il fallait aussi libérer les nageoires de leur Solina.

Les services de sécurité commencèrent à tirer en direction du dirigeable, bien sûr, mais aussi de cette plate-forme sur laquelle ils croyaient, quand elle basculait un peu, apercevoir deux formes humaines. Le bruit que le Messie des Roux tentait de s'évader avec l'aide d'un dirigeable se répandait peu à peu et des curieux osaient ouvrir les fenêtres de leur compartiment malgré le froid vif. Des haut-parleurs leur intimèrent de refermer leurs volets sous peine d'être pris pour cibles, mais les habitants les plus haut perchés continuèrent à regarder.

— Je crois que ça va marcher, cria Liensun. Il essaya de se relever mais des balles sifflèrent immédiatement autour de lui et il se plaqua vigoureusement au sol.

— Ils ne rigolent pas.

— C'est de la folie, dit Jdrien. Je mets en péril ta vie, celle de mes amis les Hommes-Jonas et aussi celle de cette brave baleine... Je ne pense pas qu'il m'aurait pendu.

— Tu épargnes la Patagonie Orientale et deux millions de tonnes d'huile de balenium, plus quelques hydravions et quelques dirigeables, lui répondit son frère avec un humour un peu forcé. Nous ne pouvions accepter le chantage.

— Je n'aurais pas dû venir dans cette station. Je ne pensais pas que le Caudillo serait aussi fourbe.

— Tu crédites toujours les gens de trop de bonté... Tu es incorrigible.

La baleine recommençait à s'élever et Liensun poussa un hourrah qui s'interrompit assez vite car, sur sa main droite, s'étoilait une énorme goutte de sang. Il leva la tête et ce fut toute une pluie qu'il reçut et qui l'aveugla. Il s'essuya le visage avec sa manche et la ramena toute sanglante.

— Elle est blessée, dit Jdrien au désespoir. A cause de moi elle est blessée.

Les gardes tiraient désormais sur le « dirigeable » mais eux aussi recevaient des gouttes de sang et criaient qu'ils avaient tué plusieurs membres de l'équipage.

Ce fut un ancien Harponneur regardant le spectacle depuis son cinquième étage, hors de lui de voir les siens aussi stupides, enfila une fourrure et descendit leur expliquer de quoi il s'agissait.

— C'est pas un dirigeable mais une baleine, cria-t-il quand il rejoignit un gradé sur le quai. J'en ai vu autrefois. Une baleine volante. Et si vous voulez l'avoir, il faut tirer sur la tête.

— La tête? fit l'officier, abasourdi. Mais où elle est, la tête?

— Donne-moi ça.

Il lui arracha son arme à répétition et put tirer deux rafales avant que l'autre ne se ressaisisse et ne lui reprenne son bien.

— Elle remonte, elle remonte, criait Liensun. Nous sommes sauvés.

La baleine, dans un dernier effort, s'arrachait à ses liens de plastique. Elle perdait un peu de son assiette et sa tête se relevait pour franchir la déchirure. Ce faisant elle fit basculer la plate-forme et les deux hommes glissèrent d'un coup. Liensun put se raccrocher à une élingue et tenta d'attraper son frère mais Jdrien glissait sur le sang congelé de la baleine. Ce n'étaient plus des gouttes mais des filets rouges qui coulaient sur eux, les recouvraient de la tête aux pieds.

— Tiens bon, Jdrien, nous sommes sauvés.

Mais c'était trop tard. Jdrien essaya d'enfoncer ses ongles dans la plaque trop lisse, trop dure, dit quelque chose que son frère ne comprit pas et disparut.

— Arrêtez! hurlait Liensun. Arrêtez, Jdrien est tombé! Mon frère est tombé! Il faut que j'aille le chercher!

Mais la Solina arrachant un pan de dôme montait dans le ciel noir comme une flèche, laissant derrière elle une chevelure sanglante.

CHAPITRE XI

Il n'avait plus que deux minutes d'oxygène et espérait que le manomètre se montrait plutôt pessimiste. Il ne respirait plus qu'au ralenti quand il n'en pouvait plus de rester en apnée, mais cette discipline l'affaiblissait. Il sentait ses jambes plier sous lui, ainsi que le poids du scaphandre lui peser. Isaie, dans sa folie jalouse, avait obligé Grathe à sortir du sas et abandonnait son ami. Gus espérait que ce serait un délire de quelques instants, qu'il allait revenir en toute hâte pour manœuvrer le sas, mais rien de tel ne se produisait et il dut s'agenouiller pour se reposer, puis s'asseoir. Il se contenta de lever un bras alternativement pour que Isaie sache qu'il était de l'autre côté de l'épaisse vitre, assis, à la limite de ses forces. Quelle stupidité. Comme s'il avait vraiment voulu séduire le jeune garçon, le voler en quelque sorte au petit docteur que la passion égarait.

Il ferma les yeux. Il comptait, pour éviter de respirer, mais la nécessité de le faire intervenait de plus en plus vite et il était en train de dévorer les dernières secondes de sa vie.

Il n'oubliait pas de lever son bras et puis l'autre et c'est ainsi que Grathe le repéra. Lorsque le jeune garçon revint de l'autre côté du sas, il n'aperçut pas Gus et crut que ce dernier était allé vers l'ouverture du satellite pour plonger dans le vide sidéral et se suicider. Lorsqu'il aperçut la main, il manœuvra les vannes, chassa l'air du sas où il était lui-même entré, déverrouilla la porte. Celle-ci, mue par un vérin pneumatique, s'ouvrit avec un soupir énorme qui fit tressaillir Gus en train de laisser aller. Il pencha la tête, vit que le sas était ouvert. La voix de Grathe lui parvint dans le haut-parleur :

— Vite, rampez, marchez à quatre pattes mais rentrez dans le sas, j'enverrai tout de suite l'oxygène et vous pourrez arracher votre casque pour respirer un bon coup.

Son cerveau fonctionnait déjà au ralenti, Gus ne comprenait pas ce que l'on attendait de lui. D'ailleurs il n'était plus dans le satellite, il se retrouvait sur Terre, dans un wagon rempli de blé dans lequel il s'enfonçait et étouffait. Du temps où il n'était qu'un clochard ferroviaire, un traîne-wagon, un tel accident lui était arrivé et il le revivait dans tous ses détails.

— Rampez, merde ! Rampez sur votre gauche. Vous n'avez pas trois mètres à franchir, je vous assure. Il va falloir que j'aille vous chercher et cela demandera au moins dix minutes, le temps que je me rhabille et que je fasse fonctionner le sas, sans parler d'Isaie qui finira par faire sauter la porte de sa cabine où j'ai dû l'enfermer.

Ce fut peut-être le nom du docteur Isaie qui provoqua un « tilt » dans son esprit. Il se renversa sur sa gauche et essaya d'avancer.

— Oui, je vois une de vos mains, servez-vous-en pour attraper le rebord de la porte étanche et pour vous tirer ainsi à l'intérieur… Voilà… Je vois votre coude maintenant… Et votre autre main. Nous allons y parvenir, continuez…

Il oubliait de se discipliner dans sa respiration et soudain il aspira en vain. Il n'y avait plus un centimètre cube d'oxygène dans son réservoir.

— Ce n'est pas le moment de flancher. Tirez sur vos bras et aidez-vous de vos pieds. Rampez… Vous y êtes presque ; je vois votre poitrine… Allez…

Gus aurait voulu lui crier qu'il ne pouvait plus respirer, qu'il allait mourir faute de quelques goulées d'air respirable, mais en même temps, dans un réflexe, il tirait sur ses mains crispées sur le rebord de l'ouverture.

— Vous y arrivez. Formidable!.... Essayez de vous mettre à genoux maintenant pour que ça aille plus vite... Dès que je pourrai refermcr la porte, j'enverrai l'oxygène et vous commencerez à vous débarrasser de la cagoule. Mais attention au coup de froid, le zéro absolu ça ne pardonne pas... Je ne veux pas vous récupérer raide comme une carcasse de cochmouth dans les cryomagasins.

Il continuait, sentant venir la mort. Il continuait et passa enfin le seuil fatidique. Tout de suite, Grathe envoya de l'air chaud pour chasser le froid absolu et en même temps de l'oxygène pur.

— Arrachez votre casque, merde... Ou alors sectionnez le tuyau qui vous relie à la bouteille mais ne restez pas ainsi.

Mais il dut, alors que l'opération de remplissage n'était pas terminée, intervenir lui-même. L'ouverture de la porte de son côté fut extrêmement difficile et soudain elle s'arracha à ses mains et alla claquer contre la cloison. Le verre éclata d'un coup. Il était déjà à genoux, en train de défaire le casque du scaphandre, effrayé par le visage de Gus qui paraissait mort.

L'air siffla en pénétrant dans ses bronches mais ce fut tout et Grathe dut lui faire du bouche-à-bouche pour rétablir sa fonction respiratoire. Il persista durant une minute, jusqu'à ce que Gus se mette à tousser et aspira un bon coup. Grathe eut du mal à détacher sa bouche de la sienne, tant l'aspiration de l'homme était avide d'air. Il redressa Gus et lui tint la tête qui ballottait dans tous les sens.

— Je vous en prie, réveillez-vous... J'ai pas envie que vous creviez, moi, et que vous me laissiez avec Isaie qui commence à me faire peur. Avant il était amusant et agréable, mais depuis quelque temps il n'est plus le même.

Gus n'entendait qu'un murmure, ses oreilles bourdonnaient à le faire hurler de douleur, et à chaque bouffée qu'il aspirait il avait l'impression que ses poumons se déchiraient un peu plus chaque fois.

— Je vais chercher un masque et une bouteille d'oxygène sinon nous n'en sortirons plus.

Lorsqu'il revint, Gus était toujours hébété mais tendait la main vers la porte du sas, fracassée côté intérieur :

— Là, là...

— Oui, je sais, le sas est foutu, c'est pas le plus important pour le moment.

Il lui colla le masque à oxygène sur le visage, ouvrit sa bouteille et Gus commença de respirer à grandes goulées. Les douleurs des poumons s'atténuaient peu à peu, mais ses oreilles restaient douloureuses, comme si elles allaient exploser.

— J'ai dû me battre avec le docteur Isaie, lui flanquer une peignée. On s'est battus méchamment et c'est d'un coup de genou dans les couilles que je l'ai eu. Pendant qu'il se tordait je l'ai traîné dans sa cabine où je l'ai bouclé à double tour. Lui ne voulait pas vous ouvrir. J'ai jamais vu un type aussi décidé à liquider son copain. Si vous voulez mon avis, il faudra se méfier désormais ou lui faire prendre des médicaments pour lui calmer les nerfs. Sinon la vie va devenir infernale avec ce zigoto-là.

Gus fermait les yeux, savourant le retour de la vie dans tout son organisme. C'étaient ses poumons qui se déplissaient, son sang qui recommençait à battre vers ses tempes, ses oreilles qui cessaient de bourdonner. Il sourit de bonheur.

— J'aime mieux vous voir ainsi, dit Grathe.

CHAPITRE XII

Ce fut une fois hissé sur le dos de la baleine que Liensun découvrit qu'il avait été blessé à l'épaule, et que le froid avait solidifié le sang à travers le trou de sa combinaison, arrêtant l'hémorragie. Mais il ne pensait qu'à son frère Jdrien.

— Il est tombé de plus de vingt mètres et il était blessé. Nous devons retourner le chercher.

Mye le soignait à l'intérieur de l'habitacle extérieur au corps du cétacé.

— Notre amie est cruellement blessée. Elle va mourir et dans un dernier sursaut de volonté elle a réussi à s'échapper de cet enfer, et va nous déposer à proximité de ton dirigeable.

— Elle va mourir ? murmura Liensun, bouleversé.

— Les dégâts sont effroyables dans son corps. Les balles explosives ont lésé à jamais tous ses organes vitaux.

Liensun se releva, regarda derrière lui. Le halo de lumière de Leadership Station n'était plus qu'un point brillant dans le lointain, une étoile à l'horizon sombre. La baleine conservait une grande altitude mais sa vitesse décroissait et le ronflement de sa respiration commençait de couvrir leur conversation.

— Nous allons perdre notre amie, disait Rewa. C'était la fille de la baleine Ehvoule que ton père a connue et où Jdrien a navigué tout petit enfant. Nous sommes désespérés.

— Et nous n'avons pas sauvé Jdrien, fit Liensun, plein de rage.

Vingt mètres, des blessures, un dernier sourire serein et puis plus rien. Il aurait dû accepter de donner la Patagonie Orientale, d'acheter deux millions de tonnes de balenium. Qu'importaient toutes ces humiliations pourvu que Jdrien garde la vie. Plus tard on aurait fait payer la Guilde, on aurait trouvé des ruses.

Il essaya de se concentrer pour rentrer en communication mentale avec Jdrien, mais en vain. Il avait l'impression que peu à peu ses facultés exceptionnelles diminuaient, n'avaient pas l'efficacité d'autrefois. Depuis des années il s'efforçait de les négliger, redoutant plus que tout le flux de toutes ces pensées issues d'un groupe humain et qui l'agressaient.

— Nous perdons de l'altitude. Elle ne pourra jamais atteindre le dirigeable, disait Xave à sa compagne Rewa.

Ils l'encourageaient, chantaient une douce mélopée et la baleine essayait de chanter avec eux, mais des flots de sang envahissaient son énorme bouche. Elle rejetait des caillots qui venaient s'écraser sur le plastique transparent de l'habitacle extérieur.

— Bien des fonctions sont arrêtées définitivement, murmura Mye. Nous ne pouvons plus descendre dans les alvéoles internes, faute d'oxygène. Elle a déjà beaucoup de mal à respirer.

La perte d'altitude était sensible et parfois l'énorme masse chutait de plusieurs dizaines de mètres. Elle devait perdre connaissance, se réveillait en sursaut, reprenait son vol.

— N'allons pas plus loin, dit Liensun, ému. Nous ne pouvons pas lui demander un tel effort qui va l'achever.

— Elle refuse de nous écouter, dit qu'elle rejoindra le dirigeable et qu'elle mourra là-bas.

Mye soignait Liensun, craignant que la chair ne se nécrose pour avoir été exposée trop longtemps au froid polaire. Heureusement la congélation du sang avait empêché cette brûlure-là. La blessure n'était que superficielle et pour l'instant il ne ressentait aucune douleur.

– La baleine perçoit les ultrasons du dirigeable. Nous approchons.

Lui revenait sans son frère, devrait affronter son père. Si Jdrien était mort, que resterait-il entre eux deux ? Le Messie des Roux n'était-il pas un trait d'union ? Il avait tout fait pour que les deux hommes se rapprochent, essayent de se comprendre, mais lorsqu'ils étaient ensemble, leur mésentente sourdait malgré eux. Lien Rag avait voulu donner la Patagonie Orientale à la Guilde et Liensun, considérant cette faiblesse comme une trahison, s'y était opposé, pensant que l'âge faisait de Lien Rag un vieillard un peu lâche. Lui se sentait fort, arrogant, prêt à toutes les audaces, toutes les ruses.

– Nous arrivons, dit Xave, la voix hachée de sanglots.

Ils rasaient la glace à moins de dix mètres et là-bas une toute petite lueur signalait le dirigeable solidement ancré, mais qui flottait à une cinquantaine de mètres du sol. Liensun ferma les yeux, essaya d'entrer en communication avec son père. Commencer à le préparer doucement à recevoir la terrible nouvelle, ne pas se trouver devant lui et devoir brutalement lui annoncer que Jdrien était certainement mort. De nombreuses blessures, du sang qui s'échappait de son corps et puis la terrible chute de vingt mètres.

L'animal s'immobilisa quelques secondes et doucement se posa sur la glace. Dans cet habitacle encastré sur son dos plus personne n'osa bouger. Au sol, Lien Rag avait placé un commando puissamment armé qui surveillait les ancres chauffantes et guettait le silence du désert de glace. Maintenant il savait que la Solina était de retour mais que personne n'en descendait.

Le ronflement de la respiration devenait un râle sourd. Liensun réussit à capter la pensée de son père, tout orientée vers son fils aîné. « Jdrien ? Est-ce que

Jdrien est parmi eux ? Il faut que je me fasse treuiller et que j'aille voir. Pourquoi ne sortent-ils pas ? Que font-ils donc ? Il faut que j'ordonne aux hommes de garde au sol d'aller voir. »

Liensun essaya, avec douceur, d'infiltrer son message dans l'esprit de son père. « C'est moi, Liensun. Nous avons tous failli mourir et la Solina est mortellement blessée. Elle agonise après avoir eu la force, le merveilleux courage de nous ramener ici. Jdrien n'est pas avec nous et je crains qu'il ne soit mort. Nous avons failli réussir son évasion, mais il est tombé d'une vingtaine de mètres et de plus il avait reçu plusieurs minimissiles dans le corps. »

Lien Rag finit par comprendre que c'était la pensée de son fils qui parasitait la sienne « C'est toi, Jdrien ? Tu as réussi à te sauver de là-bas. »

Liensun respira à plusieurs reprises profondément : « C'est moi, Liensun, ce n'est pas Jdrien. Jdrien est certainement mort. Nous avons failli réussir mais tout a échoué par la suite. Je ne pense pas que Jdrien ait pu survivre après une chute de vingt mètres, avec plusieurs minimissiles dans le corps. »

Lien Rag comprenait enfin que c'était l'autre fils, celui qu'il avait toujours eu du mal à reconnaître, qui lui parlait mentalement. « Tu n'as aucune certitude ? Tu n'as pas vu son cadavre ? Pourquoi es-tu aussi affirmatif ? Tant qu'on n'a aucune preuve on ne peut le déclarer mort. Mais qu'attends-tu pour venir me rejoindre ? »

Liensun ne répondit pas. Avec douceur il sortit de l'habitacle, laissant les Hommes et les Femmes-Jonas entre eux. Le râle de la baleine devenait presque inaudible. Les marins de l'*Indépendance* avaient apporté une échelle légère pour l'aider à rejoindre le sol.

— Vous êtes seul ? lui demanda une voix dans la nuit. Que se passe-t-il ? La baleine paraît bien mal en point.

Liensun ne répondit pas, marchait vers l'un des câbles d'ancre, espérant apercevoir un harnais pour se faire treuiller mais il se heurta à une ombre, sut qu'il s'agissait de son père tant le désordre mental de son cerveau était fort.

— Tu ne l'as pas vu mort.

— Père, la baleine se meurt. C'est une fille d'Ehvoule que vous avez connue dans le temps.

Ils retournèrent auprès de l'énorme corps échoué. Les dimensions de la Solina étaient extraordinaires et les marins en détaillaient les données en chuchotant. Dans l'habitacle, une phosphorescence ne cessait de faiblir et, lorsqu'elle s'éteindrait, la baleine aurait cessé de vivre. Ils restèrent côte à côte jusqu'à la fin qui survint une demi-heure plus tard. Peu après les deux hommes, les deux femmes, Rewa portant son petit garçon Kidy endormi dans ses bras, descendirent l'échelle. Ils rejoignirent le père et le fils, se retournèrent pour contempler leur amie défunte.

— Nous devons la laisser là. Jadis, nous avions ce fameux cimetière dans cette station fantôme au centre de la banquise du Pacifique, sur le Réseau du Cancer, mais avec le réchauffement il a disparu. Nous donnions à nos morts des sarcophages de glace et nos chères amies devenaient la proie des prédateurs jusqu'à ce qu'il ne reste plus que leur squelette. Nous allons abandonner celle-ci aux prédateurs de l'Antarctique qui doivent déjà se rapprocher.

— Venez, dit Lien Rag, remontons à bord de l'*Indépendance*.

CHAPITRE XIII

Sans savoir comment, Jdriele avait atteint le quai interdit où se trouvait le wagon-prison. Il rampait sous les habitations mobiles, dérangeait des rats en train de ronger des détritus ou des tuyaux en plastique des égouts. Ces gros animaux essayaient de l'attaquer, mais il avait son couteau d'acier à la main et les étripait avec une telle habileté que les autres fuyaient en couinant.

Il sut qu'il avait atteint son but, que son fils Jdrien se trouvait juste en face dans le compartiment du centre. Tous les hublots dotés de vitres martelées diffusaient de la lumière. Il voyait les trois draisines blindées qui surveillaient le coin. Il ne connaissait pas le nom exact de ces engins mais se méfiait de leur puissance meurtrière.

Il ignorait ce qui l'avait attiré là, non ce qu'il avait à faire, se glisser sous le wagon et essayer de découper le plancher pour permettre à Jdrien de s'évader. Lorsqu'il s'était retrouvé seul dans le désert antarctique, abandonné de tous, la pensée confuse d'un autre homme l'avait peu à peu envahi. Lorsqu'il marchait en s'éloignant de l'endroit où cet homme pouvait se trouver, il ne le voyait plus en rêve. Par contre dès qu'il reprenait une certaine direction, ses nuits étaient enchantées par sa présence. Il n'était plus seul. Il marchait toute la journée et le soir il retrouvait cet ami qu'il n'appelait pas son fils, parce qu'il ignorait que c'était le sien. C'était au cours de son dialogue avec Almar, le chasseur de rennes, qu'il avait prononcé ces deux mots, « mon fils », sans trop savoir pourquoi. Le chasseur ne l'avait pas contrarié mais lui avait dit que tout le monde affirmait que Jdrien était le fils d'un certain Lien Rag.

— C'est mon fils, répétait Jdriele avec obstination en se glissant entre les roues des wagons, ne sachant comment franchir ce grand espace nu au centre duquel, éclairée comme en plein jour, se trouvait la prison de Jdrien.

Il fit lentement le tour du quartier et ne trouva aucun moyen de se rapprocher. Il était en train d'imaginer qu'en creusant un tunnel étroit sous la glace il pourrait atteindre son but, lorsqu'une forte odeur de poisson l'avait surpris. Un instant il se crut au bord de l'océan en train de chasser les phoques. Il fallait les égorger, avant qu'ils ne se défendent ou ne plongent dans l'eau, en leur tranchant le cou. Très vite, avant que le sang ne gèle, il appliquait sa bouche au jaillissement rouge et s'en abreuvait longuement. Les phoques empestaient le poisson de tout leur corps, de leur fourrure, de leur moustache. Et voilà que dans cette ville éloignée de l'océan il croyait se retrouver au sein d'un troupeau de phoques.

Il regarda autour de lui, se demandant comment l'odeur avait pu lui tomber dessus aussi brutalement. Et puis cette idée qu'elle venait du haut le fit ramper un peu en dehors du wagon d'habitation et regarder en l'air. Il vit la grosse masse sombre qui descendait lentement, très lentement, sans un frémissement d'air, sans un froissement. Très vite il sut qu'il s'agissait d'une baleine. Il en avait déjà vu des rampantes et des volantes comme celle-ci. Mais l'animal flottait juste au-dessus de la prison de Jdrien.

Et voilà qu'un homme se laissait pendre à un fil et venait avec lenteur et sans bruit atterrir sur le toit du wagon de Jdrien. Il était plein de curiosité pour ce qui se passait, d'autant plus qu'un autre homme arrivait lui aussi. Ils essayèrent de soulever quelque chose de lourd mais n'y parvinrent pas. Alors un troisième descendit et vint les aider. Ils transportèrent avec précaution une plaque qui avait l'air de peser beaucoup.

De la baleine descendit un ensemble de cordes que les trois hommes répartirent aux quatre coins de la toiture située juste au-dessus de la cellule de Jdrien.

Ces trois-là venaient délivrer le Messie des Roux et Jdriele avait du mal à comprendre pourquoi, se demandait s'ils n'étaient pas des ennemis de son fils. Pourquoi des Hommes du Chaud seraient-ils venus au secours d'un Roux, même métissé ? Il restait très méfiant.

Lorsque les cordes se tendirent, il comprit comment ils allaient procéder et reconnut qu'il n'aurait jamais pu les imiter. Lui voulait passer par le plancher mais, avant d'avoir creusé sont tunnel pour resurgir entre les bogies, il lui aurait fallu des jours et des nuits. Ceux-là en moins d'une heure risquaient de réussir.

Les bruits commencèrent et Jdriele s'effraya. Ils devenaient de plus en plus forts et les gardes allaient surgir de partout. Il voyait bien que le toit de la cellule résistait encore mais qu'il allait céder d'un coup.

Dans un fracas qui dut réveiller tout le quartier ce toit céda et ne fut plus qu'un carré qui se balançait au bout des cordes. Et voilà que l'homme qui était seul sur le toit, les deux autres venaient de remonter jusqu'à la baleine, cet inconnu se baissait pour aider le prisonnier à quitter sa cellule. Mais ce qu'il ne voyait pas c'étaient les bottes épaisses de trois Hommes du Chaud, puis celles d'un quatrième qui venaient d'apparaître dans le champ de vision de Jdriele, de l'autre côté du wagon-prison. Et tout de suite ces Hommes du Chaud utilisèrent leur armes. Jdriele savait qu'il s'agissait de fusils perfectionnés. Lui aussi dans le temps avait utilisé une de ces armes, bien avant qu'il ne la jette pour rejoindre une tribu. Son passé lui revenait par bribes, par lambeaux déchirés qui ne s'accordaient presque jamais entre eux. Pourquoi avait-il possédé une arme de ce genre, lui un Roux qui n'en avait nul besoin ?

Il trouva un meilleur poste d'observation un peu plus loin où un bourrelet de glace pouvait le dissimuler au regard tout en lui permettant de sortir la moitié du corps de sous le wagon. Il aperçut nettement la plate-forme sur laquelle Jdrien et son sauveur avaient pris place. Tout en haut la baleine remontait dans la lueur plus faible qui s'évaporait ensuite avant la couche protectrice qui formait le toit de la station. Mais le toit en question était déchiré et Jdriele se rendait compte que la baleine volante était très mal positionnée pour passer facilement dans cette échancrure. Les gardes tiraient toujours et désormais ils étaient beaucoup plus nombreux. D'autres devaient arriver car il y avait beaucoup de bruit dans la station. Les habitants, malgré le froid très vif, ouvraient leurs fenêtre pour regarder, et une voix tonitruante les menaça. Beaucoup rentrèrent leurs têtes mais d'autres continuèrent à regarder.

Jdriele voyait la plate-forme qui se balançait dangereusement et qui d'un coup se penchait d'un côté et de l'autre. Les deux hommes se cramponnaient aux élingues. Pendant ce temps la baleine ne se rendait pas compte qu'elle dérivait lentement vers le sud, qu'elle n'était plus tout à fait en face de la trouée dans le toit. Malgré son âge et sa décrépitude, Jdriele conservait une vue acérée et, s'habituant à l'obscurité, il distinguait la nature de cette déchirure, découvrait les sortes de banderoles très nombreuses qui descendaient des rebords. Comme de longues bandes qui allaient s'enrouler autour du corps de la baleine. Il avait l'impression que ces bandes étaient même attirées et deux mots bizarres flottèrent même dans le marécage de sa mémoire : électricité statique. Il ne savait pas ce que cela signifiait. C'était comme un filet de pêche qui se refermait sur le cétacé. Les Roux pêcheurs qui autrefois nomadisaient sur la banquise fabriquaient des filets avec leur propre fourrure. Ils filaient de longs fils qu'ils savaient ensuite réunir par des mailles. Ils utilisaient ces filets dans les puits profonds qu'ils creusaient dans la banquise pour capturer du poisson.

La baleine dérivait toujours vers le quartier disloqué qui se trouvait tout à côté, et Jdriele décida d'abandonner son poste d'observation, rampa rapidement, traversa un quai désert puis un autre. Là-haut dans le ciel, la situation ne s'arrangeait pas et la plate-forme tanguait beaucoup, se mettait subitement à l'oblique avant de reprendre provisoirement l'horizontale. Jdriele se releva car il n'y avait personne dans ce coin que de terribles bouleversements de la glace avaient rendu inhabitable. Les wagons à moitié enfoncés, renversés, le froid très vif avaient chassé les Hommes du Chaud, et il pouvait courir, escalader, se glisser entre les bogies pour suivre la lente dérive de la baleine qui remontait bien sûr, en essayant de retrouver son passage. Et déjà elle s'embrouillait, s'empêtrait dans les banderoles qui paralysaient ses nageoires, surtout la caudale ; les deux hommes qui précédemment se trouvaient sur le toit du wagon-prison surgirent sur le dos de la baleine. Ils devaient se cramponner aux aspérités, surtout ces énormes berniques qui collaient à la peau de l'animal et qui, par leur forme, permettaient aux pieds de trouver un appui, aux mains une prise. Ils tranchaient les banderoles avec frénésie, mais il y en avait tant et tant qu'ils ne pouvaient en venir à bout facilement. Une autre silhouette les rejoignit et Jdriele pensa qu'il s'agissait d'une femme. La baleine adoptait une légère oblique, ce qui déséquilibrait la plate-forme, et si elle voulait passer la déchirure, désormais, elle devrait se présenter ainsi.

Dans le dos de Jdriele les tirs des armes étaient de plus en plus nourris et la plate-forme commençait d'être pulvérisée toujours au centre. Dans quelques secondes, si la baleine ne réussissait pas à s'élever, la plaque se briserait , et les deux hommes, même s'ils se cramponnaient aux cordes, seraient exposés aux projectiles.

Et puis Jdriele aperçut devant lui une petite flaque

sombre qui après avoir fumé se congelait très vite. D'un seul coup d'œil il l'identifia pour être du sang. Il en aperçut d'autres. La baleine était blessée, sérieusement même. Il savait que ces animaux-là avaient une peau épaisse et un lard qui l'était encore plus, ce qui les protégeait des morsures des orques et des requins par exemple. Mais les projectiles des Hommes du Chaud réussissaient à percer cette carapace pour atteindre la chair.

Maintenant il se doutait que la baleine ne pourrait plus survivre longtemps alors qu'elle perdait autant de sang, et il souhaitait qu'elle franchisse l'ouverture et s'évanouisse ensuite dans la nuit. Il savait que les Hommes du Chaud de cet endroit ne pourraient la poursuivre puisque leurs monstres ne pouvaient plus courir sur les traits qui rayonnaient tout autour.

Il courut un peu plus loin, renversa sa tête et découvrit que la baleine perdait de véritables filets de sang. Elle était comme un glacier qui fond, et c'était son sang qui s'échappait d'elle, des quantités énormes de sang. Jamais elle ne trouverait la force de traverser le toit de la station.

Pourtant elle y parvint dans un dernier soubresaut qui la dressa presque verticalement. C'était la seule chose à faire pour sauver la vie des Hommes-Jonas, pensa Jdriele ; les autres ne faisaient pas partie de ce peuple qui avait conclu un accord avec les baleines. Les autres c'étaient Jdrien et celui qui était venu le sauver, et qui devaient se raccrocher en catastrophe alors que la plate-forme ne pouvait plus les soutenir. Jdriele assista à la tragédie finale, vit que Jdrien était blessé lui aussi et qu'il essayait en vain de rester sur la plaque. Il croyait malgré le fracas des détonations, les hurlements, la rage des monstres, entendre le crissement de ses ongles sur celle-ci.

Et puis Jdrien tomba, les bras et les jambes en croix, dans une zone où régnait une demi-obscurité, et le

Roux, épouvanté, se mit à courir vers le lieu présumé de la chute.

CHAPITRE XIV

Le dirigeable n'avait pas quitté son poste d'amarrage mais on avait libéré une ancre sur deux à tout hasard, de crainte que la milice des Harponneurs n'arrive à bord de ses traîneaux mobiles. Liensun savait que la Guilde en possédait plusieurs pour partir en mission en dehors des réseaux de chemin de fer. On avait mis l'équipage en alerte et les lance-missiles se tenaient prêts à tirer.

Les Hommes-Jonas avaient accepté un peu de nourriture et appréciaient que Lien Rag et Liensun aient bien voulu attendre le jour. Ils voulaient une dernière fois apercevoir le corps de leur amies Solina avant de s'en aller.

Liensun avait demandé que trois hommes se mettent à l'écoute des différentes fréquences radio utilisées par la Guilde, mais de toute la nuit les émetteurs ne diffusèrent aucune information sur la tentative d'évasion de Jdrien.

— Pourquoi la taisent-ils donc? s'étonnait Lien Rag. Ils ne veulent pas qu'on découvre la faiblesse de leur système de protection? Vous avez franchi leur surveillance radar, vous avez réussi à pénétrer dans leur capitale, et pour eux c'est une humiliation qui ne peut être divulguée sur-le-champ. Ils en parleront mais en transformant cette tentative en victoire à eux.

Vers sept heures du matin il y eut une première allusion aux événements de la nuit, toutefois le commentateur se borna à dire que des éléments étrangers à la station avaient essayé de s'infiltrer sur les quais mais furent très vite surpris et anéantis.

Puis un peu plus tard le même émetteur annonça froidement qu'un dirigeable inconnu avait été abattu et son équipage complètement anéanti, ce qui expliquait les énormes taches de sang qu'on avait découvertes dans un quartier sud. Enfin peu après, l'explication ayant dû paraître invraisemblable, un autre journaliste émit l'hypothèse qu'il ne s'agissait pas de sang mais d'un liquide y ressemblant, peut-être le carburant spécial qu'utilisait le dirigeable inconnu. Si les réservoirs de cet appareil avaient perdu de telles quantités, c'était bien la preuve qu'il était en perdition du côté du pôle.

— Ça donne envie d'aller survoler cette foutue station, pour prouver aux habitants que leurs dirigeants sont de fieffés menteurs qui leur racontent n'importe quel bobard, dit un des radios.

Vers le milieu de la matinée, un responsable de la Guilde avoua qu'il y avait eu une tentative d'évasion du prisonnier Roux nommé Jdrien Rag, mais que celle-ci avait été un échec. Cependant il ne précisa pas quel avait été le sort de Jdrien. Lien Rag, appuyé dans une encoignure, fermait les yeux. Liensun lui avait tout expliqué, comment il avait vu son frère glisser irrémédiablement vers le vide sans qu'il puisse rien tenter pour le retenir.

— Il y avait tout ce sang que perdait la pauvre Solina qui gelait et rendait la plaque encore plus glissante, ce qui fait qu'il ne pouvait trouver de point d'appui. Ce composite est lisse, comme vernissé, et on ne pourrait même pas y enfoncer un clou en acier spécial.

Le jour se levait et ils descendirent sur la glace pour s'approcher de la baleine morte. Mais seuls les Hommes-Jonas montèrent sur son dos, pénétrèrent à l'intérieur pour emporter quelques affaires personnelles. Liensun voyait les énormes blessures sur les deux flancs. Les minimissiles provoquaient des ravages internes impossibles à réparer.

— Pendant quelques mois, peut-être quelques années, nos amis devront attendre qu'une baleine leur soit attribuée. Rares sont celles qui sont disponibles car il s'agit d'un groupe très limité qui a subi une évolution particulière. Ils seront reçus par d'autres familles mais se sentiront comme exilés. Je suis très triste pour eux, murmura Lien Rag.

On leur descendit un résumé des informations depuis la passerelle et Lien Rag en prit connaissance. Un émetteur radio reconnaissait que le prisonnier Jdrien Rag avait réussi à échapper à ses gardiens avec la complicité de bandits venus d'ailleurs qui, déjouant les surveillances dont le Messie des Roux était l'objet, s'étaient posés sur le toit de sa prison. Mais les gardiens qui avaient tiré sur les fugitifs affirmaient que le condamné à mort avait été sérieusement touché et ne pourrait survivre à ses blessures.

— Ils ne parlent donc pas de sa chute, fit Liensun surpris. Pourtant il me semble qu'ils ont dû s'en rendre compte.

En réfléchissant, il finit par avoir quelques doutes, et quand les Hommes-Jonas revinrent, il leur posa la question.

— Nous n'avons pas vu tomber Jdrien, dirent-ils tous, mais nous étions très éloignés des faisceaux des projecteurs à ce moment-là.

— Voulez-vous dire qu'il n'y avait pas de lumière ? fit Lien Rag.

— Oui. La baleine venait de se cabrer pour enfiler la déchirure à la façon d'une aiguille ou d'une fusée. Notre erreur, et c'était à cause de la plate-forme, a été de vouloir repasser par ce trou comme on y était entré, notre Solina restant à l'horizontale. Nous n'avions aucune chance de nous en sortir et notre amie a choisi. En sacrifiant les deux hommes de la plate-forme, elle nous sauvait nous. Vous savez, les Solinas sont très respectueuses du pacte qui nous lie. Nous devons mutuellement nous porter assistance, et elle n'a fait que respecter nos accords.

— La plate-forme pouvait-elle se trouver dans une zone d'ombre ?

— Certainement, dit Xave. Mais je ne puis l'affirmer à cent pour cent.

La Guilde avait fait analyser les différentes flaques de sang et ne parlait plus de carburant de couleur rouge. Il s'agissait de sang humain, mais dans un plus grand volume du sang d'un animal. Et peu après un spécialiste des baleines du complexe baleinier de la Guilde vint expliquer qu'il pouvait s'agir d'une espèce rare de baleines volantes, que des hommes ont domestiquées et utilisent comme dirigeables. Ce spécialiste fit sourire les Hommes-Jonas avec les stupidités qu'il débita, mais Lien Rag lui ne retenait qu'une chose : son fils Jdrien se trouvait quelque part dans Leadership Station. Les Harponneurs n'avaient pas vu tomber son corps et ne le cherchaient pas chez eux.

— Il est peut-être seulement blessé. Nous devons lui porter secours. Tant que nous n'aurons pas découvert son corps, vivant ou mort, je n'abandonnerai pas, dit Lien Rag.

— Je suis d'accord, dit Liensun, et je compte m'introduire dans la ville cette nuit mais par voie de terre. Il y a eu de telles destructions que la plupart des sas ne sont plus surveillés. La population a été regroupée dans les endroits les plus abrités. Ce qu'il faudrait, c'est que nous parvenions à situer avec une plus grande précision le point de chute. Nous allons utiliser les photographies aériennes prises lors d'un précédent raid.

Si son père Lien Rag paraissait à nouveau animé par un espoir insensé, Liensun préférait garder sa lucidité. Il avait vu son demi-frère gravement blessé tomber de vingt mètres au moins.

CHAPITRE XV

Lorsque le petit docteur réapparut au bout de deux jours, il pénétra silencieusement dans la salle de contrôle et Gus ne devina sa présence qu'au bout d'une minute ou deux. Il tourna la tête et fut effrayé par le visage ravagé, les yeux un peu hagards de son compagnon. Il fit pivoter son tabouret et lui fit face.

— Je suis désolé, dit Isaie ; je ne sais pas pourquoi j'ai agi ainsi te condamnant à une mort atroce. Si Grathe ne m'avait pas assommé, enfermé dans ma cabine, tu ne t'en serais pas sorti.

Il avait fallu lui administrer des somnifères et l'attacher sur sa couchette. Grathe veillait sur lui, le nourrissait à la petite cuillère même si au début Isaie lui recrachait tout au visage.

— Je suis en train de transposer le logiciel des navettes pour l'adapter au Bulb. Ce dernier s'inquiétait à ton sujet mais surtout pour le K 20. Nous devrons en discuter dès que tu te sentiras mieux.

— Je préférerais que tu me méprises, que tu ne me parles plus ou que tu te jettes sur moi pour essayer de m'étrangler, mais je t'en prie, ne fais pas comme s'il ne s'était rien passé entre nous. Je ne le supporte pas et mes regrets en deviennent encore plus obsédants.

— Je n'ai pas le temps de me laisser aller à des réactions aussi vives, crois bien pourtant que j'en serais capable. Le temps nous manque. Nous devons songer à sauver notre peau. Le Bulb doit mourir de sa belle mort et nous l'enverrons sur Terre. Cependant rien ne sera gagné. Une fois là-bas, les poussières lunaires complètement libérées se regrouperont en masses spongieuses qui permettront au Soleil de briller comme jamais il ne l'a fait voici deux millénaires. Le ciel de la Terre est épuré en quelque sorte, mais aussi moins protecteur. Ce Soleil va griller les gens sur place et ils devront s'en protéger durant au moins deux générations. Nous serons encore plus exposés. Nous allons débarquer dans un monde inconnu, même de moi puisque j'ai quitté un bloc de glace. Nous allons répandre sur cette Terre outre nos personnes, la secte de Faro, tous les animaux, garous, primitifs qui se trouvent à bord. Nous deviendrons très vite des envahisseurs dangereux que l'homme d'en bas essayera de détruire par tous les moyens. Nous devrons les fuir, du moins au début, le temps que je retrouve quelques amis.

Isaie restait immobile, prostré.

— Tu me suis?

— Non, je n'ai pas envie de vous accompagner. Ce n'est pas la peur qui m'en empêche mais de la lassitude. Je suis né ici, pourquoi n'y mourrais-je pas?

— Tu acceptes néanmoins de t'occuper du K 20?

— J'ai déjà commencé, mais il en faudrait trois à quatre fois plus et sa production est impossible à relancer. Je crois que des stocks existent ailleurs, encore faut-il les retrouver.

Gus continua ses transpositions et obtint finalement un schéma de retour dans l'atmosphère qui avait l'air de se tenir. Il dut composer un programme d'étude et d'expérimentation qui l'occupa pendant plusieurs jours. Grathe, très discret, venait parfois lui apporter de quoi se restaurer, du café ou simplement il restait immobile derrière lui, fasciné par ce qu'il voyait sur les écrans.

Gus apprit avec philosophie que s'il persistait à trouver son programme excellent il n'atteindrait jamais la

Terre intact. Il lui fallait tout reprendre de zéro. Jusqu'à la puissance qu'il demanderait aux boosters, qui était à calculer. Une trop grande poussée et le Bulb se retrouverait en dehors de l'attraction terrestre.

En même temps il devait décrypter l'écriture mentale de l'animal qui, bien que moins bavard qu'un temps, n'en continuait pas moins à communiquer avec le reste de sa tribu.

— Les Bulbs qui flottent autour de nous commencent à se lasser d'attendre, confia Gus au jeune Grathe. Ils voudraient bien retourner dans leur territoire de chasse. Ils ont vécu sur leurs réserves et ont reçu quelques carcasses de saus de nos cryo-magasins, toutefois ils ont la nostalgie de leur lieu d'origine et je crains qu'ils ne poussent notre ami à en terminer très vite.

— Vous croyez que sa mort sera rapide ? Une si grosse masse, comment le poison pourra-t-il aller dans tous les recoins, se répandre dans les confins ? Quand la fin viendra, les fonctions générales cesseront dans combien de temps ? Je veux dire la lumière, la chaleur, l'électricité donc, mais aussi la pesanteur artificielle ?

— Nous aurons un délai que j'estime entre quarante-huit heures et une semaine.

— Et sur votre Terre, ce sera comment ?

— Dangereux. Mais beaucoup moins qu'ici, si l'on veut bien être juste.

— On ne sera pas très bien accueillis, si j'ai bien compris. Ils n'ont jamais rien vu de tel. Le plus gros animal c'est quoi en bas ?

— Des baleines. On en a capturé qui faisaient trois cents tonnes. Mais à côté du Bulb c'est évidemment peu de chose.

CHAPITRE XVI

Jdriele chercha jusqu'au petit matin et ce fut dans les premières lueurs de l'aube qu'il découvrit le corps disloqué de Jdrien, coincé entre deux wagons enchevêtrés à la suite d'un éboulement. Il lui fallut descendre tout au fond d'un espace rempli de poutrelles dangereuses, pour être totalement sûr qu'il s'agissait de lui. Il resta d'abord interdit, un pied sur le bogie d'une voiture, l'autre sur le toit de la suivante, regardant ce visage enfoui dans une profusion de cheveux dorés. Puis il osa s'accroupir, se glisser tout contre lui. Son fils Jdrien était déjà congelé. Et comme ses bras et ses jambes s'étaient ouverts durant sa chute il lui serait impossible de le tirer de cette crevasse métallique. Trop raide.

Il réfléchit des heures. Il avait d'abord pensé allumer un petit feu juste en dessous et pour empêcher le cadavre de brûler il aurait interposé une plaque de métal. Mais il pensa que la fumée attirerait les Hommes du Chaud.

Remontant à la surface, il jeta des regards inquiets autour de lui : il n'y avait personne. Il était bien décidé à retirer le corps de cet endroit et à l'emporter à travers le territoire des tribus, jusqu'au mausolée de Jdrou la déesse, sa mère.

Petit à petit, à quatre pattes, rampant, il fureta partout, mais ne trouva rien de satisfaisant pour dégeler le corps, le rendre assez malléable pour qu'il puisse l'extraire de son piège. Il mangea un peu de viande de renne et continua ses rcchcrchcs.

Ce fut un petit bruit de grelot qui attira son attention à une centaine de mètres de là et il s'en approcha, à la fois intrigué et inquiet, furtif comme un animal aux aguets, prêt à décamper à la moindre alerte. Il ne comprit pas tout de suite ce que cela pouvait bien être. De la vapeur sortait d'un tuyau et faisait tourner une boule de glace coincée dans une sorte de boîte. Il réfléchit longuement et en conclut qu'il s'agissait d'un systèmc de chauffage. Il ignorait l'usage de la boîte, en fait un compteur de calories. Le tuyau provenait d'une centrale thermique du quartier encore en fonctionnement. Toutes les vannes avaient été en principe fermées, sauf celle-là, et en approchant ses mains il ressentit la douleur d'une brûlure.

Il avait là de quoi réchauffer le corps de son fils, cependant il ne voyait pas comment transporter la source de chaleur jusque là-bas. Il chercha une boîte assez grande pour enfermer la vapeur. Lorsqu'il l'eut trouvée, il la remplit, la boucha et puis courut l'ouvrir sous le cadavre. Le résultat fut nul. Il se dit qu'il lui faudrait des années pour parvenir à ses fins. Il lui fallait donc trouver autre chose et il pensa de nouveau à un feu qu'il allumerait dans le fond de la crevasse, juste sous le corps. Il ramassa du bois, des débris de toute nature, de l'huile congelée, enfin tout ce qui pouvait flamber, et revint vers Jdrien toujours écartelé dans ses ferrailles. Il avait de quoi faire du feu, mais lui manquait l'indispensable pour l'allumer. Il ne se souvenait pas comment l'on procédait. Si parfois une tribu faisait du feu pour éclairer une nuit trop sombre et écarter les loups, jamais pour se réchauffer, un homme sortait ce qu'il fallait de la petite poche qu'il portait sur le côté, tissée avec ses propres poils. Jdriele ne savait pas ce qu'il utilisait.

Il retourna auprès du grelot car ce bruit l'amusait et l'idée d'une boule de glace emprisonnée dans cette boîte l'enchantait. La vapeur fusait par le côté en un jet très puissant qui forait la glace devant en une sorte de gouttière, et il resta là jusqu'à la nuit à observer le travail de cette vapeur brûlante. Il alla dormir à côté de son fils, se coucha même sur lui se disant que tout au long de la nuit sa chaleur finirait par amollir son corps. Mais au réveil rien de tel ne s'était produit et, déçu, il retourna auprès du grelot.

Un peu plus tard il prit une plaque de glace, la plaça sur la gouttière et obtint une sorte de tunnel. La vapeur continua de s'y injecter et quand il ôta la plaque il se rendit compte que la gouttière avait doublé de longueur. Il recommença son essai, mais la vapeur n'était plus assez chaude et assez puissante pour forer au-delà d'une certaine distance. Pourtant il se demanda, après avoir mangé du renne, si en creusant une longue gouttière protégée par des plaques de glace il arriverait à faire ressortir la vapeur plus loin. Avec de grandes précautions et en s'efforçant de ne pas faire de bruit, il creusa avec la lame de son couteau une gouttière de dix mètres de long qu'il recouvrit patiemment de plaques de glace. Puis il attendit. Cependant la vapeur ne ressortait pas à l'autre bout.

Déçu, il alla soulever la dernière plaque de glace pour vérifier si un bouchon ne s'était pas formé, et une puissante chaleur lui monta au visage. La vapeur perdait son apparence visible mais la chaleur, elle, se déplaçait dans son tunnel. Irait-elle jusqu'au cadavre s'il creusait une plus longue gouttière qu'il recouvrirait ensuite? Cela le tentait fort d'essayer. Il creusa donc dix mètres de plus mais l'attente à l'autre bout fut plus longue. Néanmoins au bout d'une heure l'air commença de tiédir puis devint chaud et ensuite brûlant. Bien sûr il gaspillait beaucoup de cette vapeur qui s'attardait à faire fondre la glace du caniveau qui se creusait de plus en plus. Il dut réfléchir à ce problème et avant la nuit le résolut en garnissant sa gouttière, et même ses plaques de glace, de feuilles de plastique qui abondaient dans le coin et qu'il pouvait découper sans peinc avec son couteau. Les cloisons des wagons étaient construites de la sorte avec des feuilles de plastique clouées ou collées sur un bâti.

Malgré la nuit il continua de travailler et cette fois la chaleur se propageait rapidement. Au point que lorsqu'il s'arrêta pour se reposer un moment, il avait plus de cinquante mètres d'un mini-tunnel qui diffusait à son autre extrémité une chaleur insoutenable pour lui. Il mangea du renne et continua dans l'obscurité. Le plus difficile fut de faire arriver cette chaleur juste en dessous du cadavre. De façon à ce que tout le corps dégèle en même temps. Cela lui demanda jusqu'à la fin de la nuit. Lorsqu'il fut à peu près certain que le fond de la crevasse allait être bientôt comme une sorte de four, il alla se lover un peu plus loin contre un wagon défoncé et s'endormit.

Il se réveilla dans le plein jour et avant de quitter sa cachette tendit l'oreille. La rumeur de la ville était normale et il n'y avait aucun bruit suspect à proximité. Il se précipita vers la crevasse et arriva à temps pour empêcher le corps ramolli de s'enfoncer encore plus profondément. Les membres épars étaient à nouveau très souples et commençaient de glisser dans les ferrailles. Mais la chaleur était telle qu'il dut aller en interrompre la source à l'aide d'une plaque de fer. Lorsque l'air fut accessible pour lui, il descendit pour sortir le cadavre de Jdrien avant qu'il ne se congèle à nouveau, ce qui interviendrait très rapidement. Il finit par le hisser à la surface et plaqua les bras et les jambes de façon à ce qu'il tienne le moins de place possible.

Dans la nuit il le placerait sur une feuille de plastique pour le tirer. Les Roux utilisaient des peaux de phoques ou de loups, mais lui se servirait de ce matériau qu'on trouvait abondamment sur place. Il irait chez son ami le chasseur de rennes et le prierait de lui donner une peau de ces animaux-là.

CHAPITRE XVII

Traverser l'écluse par laquelle il avait déjà pénétré dans la station lui prit une partie de la nuit. A plusieurs reprises il dut charger le cadavre de Jdrien sur son dos pour franchir certains amoncellements de véhicules et de matériaux. Lorsqu'il fut enfin sur la glace à tirer son morceau de plastique, il commença de fredonner une mélopée qu'il avait apprise dans la dernière tribu où il avait vécu. C'était ainsi qu'ils chantaient quand ils ensevelissaient un des leurs dans la glace et cela l'aidait. Le plastique glissait bien mieux que certaines peaux, mais il trouvait que ce n'était pas exactement ce qui convenait à un enfant du Froid, ce produit des Hommes du Chaud. Il avait hâte de se retrouver chez Almar pour lui emprunter une peau de renne.

Il savait que pour atteindre la station du chasseur il devrait traverser de nombreux réseaux, au risque de se faire happer par un de ces monstres rapides. Il ne pourrait pas sauter par-dessus les rails comme à l'aller, à cause du cadavre qu'il tirait derrière lui. Et puis une fois qu'il en aurait fini avec les réseaux, viendraient les lignes de crêtes difficiles à escalader. La nuit, il devrait se méfier des loups, des rats, et dans la journée des goélands. D'ailleurs ceux-là commençaient à tournoyer dans le ciel et d'ici quelques heures se montreraient plus audacieux. Il aurait dû y songer avant de quitter le grand igloo des Hommes du Chaud et envelopper Jdrien dans une autre feuille de plastique plus épais.

La nuit suivante fut paisible mais il ne dormit que par tranches de deux heures, mangea du renne dont la provision s'épuisait. Il arriverait affamé chez son ami Almar, et savait qu'il pouvait compter sur lui pour la peau et pour la nourriture. Il lui proposerait de revenir chasser avec lui une fois qu'il aurait conduit Jdrien, le Messie des Roux, auprès de sa mère. Personne dans les tribus et lui-même n'aurait compris qu'il nc ramène pas le corps. Il n'y aurait pas d'autre Messie et celui-là devait retrouver sa mère et dormir à ses côtés.

Les goélands attaquèrent comme il l'avait prévu dans la journée, et par chance il trouva quelques congères où il put enfoncer le corps de Jdrien. Il resterait là jusqu'à ce qu'ils se fatiguent d'attendre. Même sans beaucoup de nourriture, lui pouvait patienter des jours. Au début près d'une centaine, ils ne furent qu'une dizaine au milieu de la journée, et il put en surprendre un avec beaucoup de ruse. Il l'étrangla puis lui trancha la tête, le pluma et commença de découper de fines lanières de viande qui sentaient horriblement le poisson et aussi les excréments humains. Une fois congelées, les lanières perdraient ce goût désagréable.

Il attendit la nuit pour repartir, espérant que les loups, eux, lui ficheraient la paix. D'ailleurs il ne pensait pas rencontrer de meutes avant d'être passé chez son ami le chasseur de rennes. Le lendemain matin, les goélands géants revinrent et, cette fois, il n'y avait aucun amas de congères pour dissimuler le corps. En hâte, tout en se ruant sur les oiseaux, il recouvrit le cadavre avec des blocs de glace qu'il taillait avec son couteau. Les goélands comprirent qu'ils n'obtiendraient encore rien ce jour-là et s'envolèrent tous sans exception.

Jdriele se fatiguait. Il n'avançait guère, ne dormait pas beaucoup la nuit et manquait de nourriture. Il avait dévoré ses lanières de goéland plus par nécessité que par plaisir, et il lui restait toute une journée avant d'apercevoir la ligne de crêtes qui surplombait d'un côté le cirque où le troupeau de rennes vivait, et sur la gauche la station de chasse d'Almar.

Il libéra Jdrien de son tas de glace et repartit jusqu'à la nuit. Par chance il trouva à nouveau des congères et put y dissimuler le corps, mais il ne réussit pas à calmer sa faim avec les derniers petits bout de renne qui lui restaient. Avant midi le lendemain, il devrait en principe apercevoir la station de chasse.

Alors qu'il dormait, un bourdonnement venu du ciel le réveilla, bourdonnement qui devint bientôt un grondement insupportable. Il se roula en boule, boucha ses oreilles et attendit, certain qu'il allait mourir, pensant qu'il se trouvait par un terrible hasard sur le passage d'un de ces monstres qu'il redoutait tant. Pourtant il n'avait pas vu de traits noirs sur la glace. Le grondement, après un ultime rugissement, cessa et même il y eut un calme relatif avec seulement une sorte de halètement, comme si la bête reprenait son souffle avant de se livrer à d'autres manifestations terrifiantes.

Jdriele osa tourner la tête, regarder. Autour de lui il n'y avait rien et il crut avoir rêvé, se détendit quelque peu, lorsque des voix tombèrent du ciel. Il se recroquevilla à nouveau mais osa regarder, et il se rendit compte qu'une masse énorme bouchait tout le ciel au-dessus de sa tête. C'était comme si dix baleines volantes s'étaient alignées les unes à côté des autres. Les voix se rapprochaient et il discerna des formes qui paraissaient descendre au bout de deux fils.

— Je m'occupe des ancres de tribord et toi vérifie celles de bâbord. La trois ne chauffe pas beaucoup et ne s'enfonce jamais profondément dans la glace. Il faudra le signaler.

— C'est la résistance qui doit être à changer, répondit l'autre voix.

S'agissait-il d'hommes de la grande station d'où il arrivait, qu'on avait lancés à sa poursuite pour lui enlever le corps de Jdrien?

CHAPITRE XVIII

Laffite, après une légère attente dans le bureau des secrétaires, fut enfin introduit auprès de Lady Yeuse qui se disait toujours présidente de la Panaméricaine, même si son empire s'était extrêmement rétréci à la Patagonie Occidentale et à la Province mexicaine au nord. Il l'avait déjà rencontrée à Magellan Station, du temps où il entretenait des relations maritimes avec elle. Puis la guerre contre le Caudillo Herandez et la Guilde des Harponneurs l'avait contraint à cesser ses relations, ce qu'il avait toujours regretté. Il trouvait que Yeuse était une femme extrêmement belle et séduisante, même si elle avait toujours manifesté à son égard une certaine méfiance doublée d'un imperceptible mépris. Il la découvrit telle quelle, peut-être plus maigre, avec dans le regard quelque chose de farouche qui la rajeunissait encore, faisait d'elle une fille un peu sauvage et déterminée.

Par contre Yeuse ne put s'empêcher d'être surprise en découvrant un Laffite enrobé de graisse jaunâtre, bedonnant et un peu ridicule dans son uniforme de marin du Consortium des Bonzes. Il est vrai qu'il commandait désormais une puissante flotte, mi-commerciale, mi-militarisée, de plus de vingt cargos. On ignorait le nombre exact de navires sortis des chantiers navals secrets que Tharbin, le patron du Consortium, avait fait construire tout au fond de la mer de Chine, dans un golfe reculé où il faisait édifier, à l'image de Lacustra City, un terminal portuaire et ferroviaire sur pilotis. On allait jusqu'à dire qu'une cinquantaine de cargos de deux mille à six mille tonnes avaient vu le jour dans cet endroit. Mais ces navires, construits hâtivement, étaient d'une extrême vulnérabilité et, au cours des attaques aériennes, beaucoup avaient été incendiés ou avaient explosé à la suite d'une seule bombe. N'empêche que Laffite s'était bien débrouillé pour doter le Consortium d'une belle flotte, la première au monde depuis le réchauffement. Jaloux de Liensun — il était lui-même un ancien Rénovateur —, il avait pris les dirigeables en aversion pour se consacrer entièrement à la navigation maritime.

— Eh bien, amiral, vous me voyez surprise et ravie de vous rencontrer à nouveau. Lorsque votre télégramme me demandant une entrevue est arrivé, je me suis demandée s'il ne s'agissait pas d'un canular, ou encore d'une ruse des Harponneurs utilisant votre nom pour débarquer sur la côte occidentale qu'ils ont vainement essayé d'attaquer.

Laffite rougit, car la présidente l'attaquait sans se gêner sur les relations privilégiées qu'il entretenait avec la Guilde des Harponneurs, et avait l'air d'insinuer qu'il était une sorte d'espion que la Guilde introduisait chez elle.

— Vous revenez du terminal de la terre de Graham, je suppose ?

— Oui, Lady Yeuse. Vous n'êtes pas sans ignorer que notre président-directeur général Tharbin a décidé de limiter ses échanges commerciaux avec l'Antarctique... Nous sommes par contre toujours intéressés par des relations solides et fructueuses avec votre Compagnie. Le fuphoc est toujours plus recherché que le balenium et de notre côté nous avons des marchandises très intéressantes à offrir. Vous savez que nos cargos sont rapides et capables d'emporter de grosses cargaisons.

— Oui, mais ils flambent ou explosent pour des riens. Vous les construisez en carton ?

Laffite pâlit. C'était le principal grief qu'on lui faisait de sortir des navires trop fragiles. Les coques étaient moulées en huit parties que l'on soudait ensuite, avant d'installer toute la charpente interne, alors que la logique voulait qu'on commençât par celle-ci. Toutefois cette méthode qu'il avait imaginée permettait d'aller plus vite.

— Nous pouvons vous fournir des vivres de toute nature, du matériel ferroviaire, des chaudières, des draisines, des locos...

— Des draisines blindées, des armes perfectionnées, des bombes et des missiles ? Vous avez de belles usines dans China Voksal.

— Ne plaisantez pas, Lady Yeuse, vous savez bien que ces usines ont été détruites à la suite d'un malheureux concours de circonstances.

— Un bombardement en règle de votre capitale. L'Omnium du Pacifique ne se laisse intimider par personne. Il m'a aidé à rétablir la situation dans cette partie de ma Compagnie, et en même temps il vous a démontré qu'il n'aimait pas les menaces. Mais laissons cela. Je suppose que vous avez par ailleurs d'autres fabriques d'armes qui fonctionnent toujours.

— Bien entendu, dit Laffite, soulagé de voir cesser le ton sarcastique de cette belle femme. Nous pouvons vous adresser un catalogue complet de toutes nos marchandises disponibles. Nos cargos ne mettent que quinze jours pour traverser le Pacifique. Et nous sommes en train d'établir des relais radio qui nous permettront de rester en communication constante avec vous.

— Des relais radio à travers le Pacifique ? Un cargo qui restera toujours ancré au même endroit ?

Laffite eut un petit sourire mystérieux :

— En fait nous avons négocié un accord avec le révérend Fatouah des îles Christmas.

Cette nouvelle laissa Yeuse sans voix. Les îles dirigées par ce révérend bizarre ne lui étaient pas inconnues, mais l'Omnium s'en méfiait car les mœurs bizarres des gens de là-bas n'incitaient pas à des relations soutenues. Lien Rag déjà, et plus tard Kurts, avaient failli ne pas sortir vivants de ces endroits-là.

— Je sais à quoi vous pensez, dit joyeusement Laffite. Nous avons su indiquer au révérend, qui se fait vieux, la voie de la sagesse. Il a suffi de quelques cargos, de quelques commandos qui débarquent en différents points de l'île principale pour qu'il se montre coopératif. Nous entretenons là-bas un comptoir important et une place militaire.

— Il vous faut aussi un émetteur puissant.

— Nous l'avons sous la forme d'un ballon captif. Je dis bien un ballon et non un dirigeable, qui porte une antenne à plus de cinq cents mètres de hauteur, ce qui nous permet d'assumer des relais efficaces.

Comment l'Omnium avait-il pu négliger un endroit aussi stratégique qui pouvait commander à tout le Pacifique ? Parce que la réputation de ce révérend et de sa population était telle qu'on avait préféré laisser à l'écart ce petit archipel. Ces îles n'avaient pour ainsi dire pas connu de période glaciaire. Pour des raisons mal définies, ses eaux étaient restées tièdes, formant autour de Christmas une mer intérieure très étendue. Les glaces n'avaient donc jamais contraint la population à vivre comme des taupes, et même la végétation équatoriale s'était adaptée à ce léger refroidissement. Il n'avait jamais gelé là-bas, sauf au moment ou d'énormes icebergs, se détachant de la banquise, venaient aborder les îles, et provoquaient un abaissement brutal de la température. Ces gens-là avaient vécu isolés et attentifs à maintenir leur isolement. Leurs marins très audacieux, sur de simples esquifs à voiles et à rames, avaient exploré la banquise et découvert comment y vivaient les Hommes du Chaud. Ils en avaient rapporté des récits terrifiants et tous les Christmasiens s'étaient bien juré de cacher par tous les moyens leur existence, et y avaient réussi.

— Donc nous pouvons enregistrer vos commandes très vite et quinze jours plus tard le premier cargo abordera ici.

— Merveilleux, dit Yeuse. Si vous revenez d'Antarctique, dites-moi quelle est la situation là-bas ? Je ne vous demande pas de trahir vos amis les Harponneurs, seulement quelques éclaircissements.

— Ce ne sont pas vraiment des amis, répondit Laffite avec hauteur. Nous avons du mal à remplir nos soutes car le fameux Réseau de la Reconquête subit des destructions constantes. La Guilde affirme qu'il s'agit de secousses sismiques, mais nous savons qu'en fait les Roux, ce peuple primitif d'hominiens poilus, ont entrepris une guerre sans merci contre la Guilde, et pour cela ont imaginé de creuser d'énormes galeries qui les dissimulent au regard. Des galeries très profondes, difficiles à détecter. Et quand ils sont au-dessous d'un objectif choisi, réseau, station, dépôt d'huile, ils forent un puits vertical vers le haut, mais savent jusqu'à quel niveau creuser. Là ils déposent des barres de sel qui finissent par faire fondre la voûte de glace et quelques jours après leur départ tout s'effondre. Les Harponneurs ne sont pas parvenus à trouver la parade. Ils font des sondages pour analyser la glace et trouver le sel, mais cette technique n'a donné que des résultats décevants. Disons que sur cent sondages dix se sont révélés positifs. Cependant les Roux sont très malins et déposent du sel dans d'autres endroits pour tromper les Harponneurs. C'est une guerre sans merci et je crains fort qu'Herandez ne la perde au bout de quelques années, et ne soit forcé d'évacuer l'Antarctique. Ajoutez à cela que le complexe baleinier n'a jamais retrouvé sa formidable production de jadis, que les baleines se font rares dans la mer de Davis, attirées qu'elles sont par cet atoll Euphosia où le professeur Leyris, aidé en cela par le président Kid, fabrique un meilleur plancton. Les baleines ont donc en partie émigré vers ces eaux beaucoup plus accueillantes où on ne les chasse pas encore.

— Vous avez des nouvelles de Jdrien?

Laffite la regarda avec étonnement :

— Comment, vous ne savez pas?

— Savoir quoi?

— Des inconnus ont aidé Jdrien à s'évader. C'est une affaire très mystérieuse sur laquelle la censure de la Guilde a eu beau peser, on commence à apprendre des détails bizarres. Le commando qui l'aurait aidé à fuir serait venu du ciel... Bon, c'est banal, puisque l'on sait que Liensun Rag, son demi-frère, possède des dirigeables ou des hydravions. En l'occurrence, il semblerait qu'il s'agisse d'un dirigeable mais voilà... ce dirigeable a pu s'introduire sous le dôme de la station de Leadership par une déchirure de ce même dôme, et ça c'est incroyable étant donné la dimension réduite de ce trou. Et cela nous pose des questions très inquiétantes. S'il s'agit d'un dirigeable, il est de petite taille et nous n'en fabriquons pas de si petits. Alors qui les fabrique, sinon l'Omnium. S'ils ont aussi cette technique, nous avons de bonnes raisons de croire que nous allons devenir une Compagnie dépassée et ridiculisée.

« Autre question, comment un dirigeable a-t-il pu s'approcher du dôme, passer au travers sans que les radars d'approche ne donnent l'alerte? Le Caudillo savait que depuis quelque temps un dirigeable important, l'*Indépendance* pour ne rien vous cacher, survolait le pays. Mais comme il ne manifestait aucune hostilité, le Caudillo avait ordonné qu'on ne lui tire pas dessus et qu'on se contente de le suivre au radar, aux infrarouges. On savait toujours où il se trouvait, les endroits où il s'ancrait et se rapprochait du sol, comment il se ravitaillait en allant faire de l'huile dans de petites colonies de phoques ou d'éléphants de mer. Rien de bien inquiétant.

Il était presque normal qu'après le retrait des troupes de votre territoire vous fassiez surveiller l'Antarctique. »

— Mais en fait, Jdrien était pris comme otage et ça nous ne pouvions le tolérer.

— Oui, mais il y avait des discussions grâce à l'Africanien Matobu et celles-ci étaient en bonne voie de règlement, puisque Lien Rag était décidé à faire pression sur vous et sur l'Omnium pour que la Patagonie Orientale soit définitivement cédée à la Guilde.

Yeuse n'aimait pas qu'on fasse allusion à cette décision de Lien Rag qui, dans ce cas, l'avait traitée elle comme quantité négligeable, croyant qu'il était le maître de ces régions et de tout le Pacifique. Certes l'Omnium l'avait puissamment aidée à repousser l'envahisseur, mais elle désirait garder son pouvoir de décision.

— Lien Rag acceptait aussi d'acheter deux millions de tonnes de balenium, de livrer quatre dirigeables et quatre hydravions. Alors cette évasion met un terme brutal aux négociations. Le Caudillo est furieux. Il a fait tirer sur le dirigeable inconnu et sur Jdrien. Et on a relevé des traces, je devrais dire qu'on a trouvé des flaques énormes de sang congelé qu'on a analysé.

— Vous connaissez le résultat de ces analyses ?

Laffite eut un petit sourire suffisant qui eut le don d'exaspérer Yeuse. Elle prit un air indifférent qui ne trompa nullement Laffite, mais il estima qu'il ne devait pas trop jouer avec cette femme. Il avait besoin de signer de nouveaux traités de commerce avec elle.

— Nous possédons en Antarctique de nombreux correspondants. Nous avons envoyé là-bas des hommes et des femmes à nous qui sont chargés de veiller à nos accords économiques. En fait, grâce à eux, nous avons de bons renseignements. Vous savez, la Guilde des Harponneurs est, surtout depuis l'origine, un ramassis de belles brutes épaisses qui ne songeaient qu'à chasser la baleine, à profiter ensuite de l'argent gagné pour ripailler et courir les filles. Ils ont eu besoin de gens plus raffinés, plus instruits, de spécialistes en toutes matières, et ils les ont choisis dans la population panaméricaine qu'ils ont asservie. Ces gens-là les haïssent, même s'ils courbent la tête. Ils sont effrayés mais depuis quelque temps ils le sont moins et donnent des indications sur ce qui est tenu secret. Nous arrivons à savoir à peu près tout sur les mystères de la Guilde. Ces flaques de sang ne pouvaient provenir des hommes tués par la Guilde. On n'a retrouvé aucun cadavre du commando. Et le sang humain ne représentait qu'une toute petite part de ces flaques... Le reste était du sang animal. Et comme la Guilde a des laboratoires uniques au monde pour tout ce qui concerne les baleines, ceux-ci ont affirmé que les flaques de sang provenaient d'une baleine.

Yeuse resta muette, non de surprise mais par la certitude que Laffite disait vrai. Les Hommes-Jonas aimaient Jdrien et ils avaient dû se porter à son secours.

— Une baleine volante, précisa Laffite.

— Je sais, j'en ai déjà vu.

— On a retrouvé son cadavre déjà attaqué par des loups, des goélands et d'autres prédateurs. On m'avait dit que ça existait mais je n'y croyais pas. Pas plus qu'aux Hommes-Jonas. Une belle légende, mais une légende, pensais-je. Et pourtant... Une baleine volante habitable. Non mais vous vous imaginez ? Voilà pourquoi les radars ont restés muets... Le Caudillo est fou furieux car il regrette d'avoir donné l'ordre de tirer. Ce cadavre de baleine que des centaines de gens ont pu voir, car il se trouve à proximité d'une petite ligne secondaire, est en train de survolter l'imagination des gens. On commence à dire, ce qui est certainement faux, que les Roux se sont alliés aux Hommes-Jonas, aux baleines volantes pour en finir avec la Guilde... Rien de moins sûr, mais vous savez, l'opinion publique se nourrit de ces fantasmes-là, et depuis quelque temps l'agitation parmi la population autochtone grandit. Les Harponneurs ne parviennent pas toujours à rétablir l'ordre ; le pire, on les nargue, on crache sur leur passage, on se moque, on les ignore, dans les lieux publics on s'arrange pour qu'ils ne se sentent pas à l'aise et ils ne peuvent supporter cette nouvelle attitude.

— Jdrien est donc sauvé ?

— Je ne puis l'affirmer, répondit Laffite, car personne ne sait où il se trouve. Le dirigeable *Indépendance* survole toujours la région et n'a fait aucun communiqué. Personnellement je pense qu'il a été grièvement blessé et qu'on le soigne à bord du dirigeable, en attendant de le transporter ailleurs.

CHAPITRE XIX

Farnelle, depuis la passerelle du *Princess*, regardait défiler les cargos du Consortium qui revenaient de Djougrad avec des chargements de bois. De jolis cargos de quatre à six mille tonnes qui naviguaient à grande vitesse, probablement quinze à vingt nœuds. A côté, son *Princess* était aussi lent qu'un phoque naviguant en pleine mer. Elle pensait que l'Omnium devrait s'équiper de bateaux de ce type commandés au Consortium. Mais Tharbin n'utilisait pas la technique des radeaux de bois. C'était grâce à eux que Lacustra City pouvait alimenter ses différents chantiers et s'agrandir sur un rythme soutenu.

Danglov la rejoignit et regarda lui aussi la flotte qui descendait vers le sud.

— Ils vont devoir contourner les îles japonaises pour remonter ensuite dans la mer de Chine. Dommage qu'on ne puisse plus emprunter les détroits pour gagner du temps.

— Je calcule une chose, murmura Farnelle. Même en contournant le Japon, ils font moitié moins de chemin que nous, et leur chantier lacustre doit drôlement progresser alors que nous devons, nous, descendre très loin au sud pour alimenter notre Lacustra City... A ce rythme-là le Consortium oubliera vite la destruction de China Voksal et dans quelques années il sera à nouveau le plus puissant. Heureusement que les détroits de Tatarie et La Pérouse sont encore encombrés de glaces. Sinon ils réduiraient le temps de transport d'un tiers.

— Ils ne savent pas utiliser les radeaux comme nous le faisons.

— Ne chante pas trop victoire car ils peuvent s'y mettre. Il faudrait que nous essayions d'en savoir plus à Djougrad.

Ils avaient des moteurs en céramique et des objets manufacturés à livrer là-bas. Titan désormais produisait aussi des carrosseries en silicium pour les glisseurs de l'ingénieur Pavakov.

En franchissant les Kouriles, la purga les assaillit. C'était un blizzard violent qui descendait des montagnes de la presqu'île du Kamtchatka. Il fallait être vigilant car ce vent emportait de nombreux troncs de la banquise de bois qui occupait le fond de la mer d'Okhotsk au nord.

Le *Princess* s'amarra sans avoir eu d'ennuis aux quais de Djougrad, et peu après le déchargement des moteurs et des carrosseries put commencer. Pavakov arriva à bord d'un de ses glisseurs, un modèle du genre avec des turbines quasi-silencieuses. Il les emmena chez lui, dans sa maison en bois qu'il avait construite en bordure de la mer, sur une sorte d'île protégée par un canal d'eau salée. On accédait à sa demeure par un pont-levis, ce qui étonna Farnelle et Danglov.

— Je me méfie de Kayata, notre président, qui devient chaque jour plus inquiétant par son autoritarisme. Bien des gens ne peuvent plus le supporter et nous n'aimons pas ses nouvelles décisions d'augmenter les effectifs de la police, et de laisser croire à la population que nous pourrions être menacés par l'ancienne Sibérienne.

— Vous avez des nouvelles de cette grande Compagnie ?

— Parfois nous captons leurs radios, mais nous pensons qu'ils commencent à réagir contre le réchauffement et le fait que ces puissants fleuves ont complètement séparé la Compagnie en tronçons. Très à l'ouest, l'Ienisseï est toujours aussi effrayant, cependant il semble que le courant le plus violent finisse par se réduire à quelques kilomètres de largeur, et que la plaine inondée en bordure du plateau central soit beaucoup plus calme. Le plateau lui-même est parcouru par des fleuves, des rivières qui l'isolent totalement. Du côté de la Lena, les choses s'arrangent, et on a aperçu des bateaux.

— Des bateaux?

— Enfin des tentatives de bateaux à partir de wagons plus ou moins bricolés et dotés de chaudières. Toutefois aucune de ces embarcations n'a jamais pu affronter les remous fantastiques de la Lena.

— Et vos ponts suspendus, votre ruée vers l'ouest, où c'en est?

— Justement, il serait temps que nous y songions. Vous savez que j'exploite là-bas un gisement de gaz naturel; en fait il s'agit d'une réserve artificielle qui existait avant le réchauffement. On avait découvert dans cette région des gisements de gaz, et on avait voulu le stocker dans des zones où des couches de sel existaient. La technique était simple mais onéreuse tout de même. De puissantes pompes injectaient de l'eau douce dans le sel et la remontaient saumâtre. On aménageait ainsi d'énormes cavités parfaitement étanches dans lesquelles on envoyait du gaz. La poche que j'exploite pourrait alimenter Djougrad pendant cent ans, si son niveau de population ne faisait que doubler. Il ne s'agit pas de s'éclairer au gaz mais de fabriquer de l'électricité avec. Toutefois Kayata a bloqué les fonds pour construire un pipeline. Les tuyaux sont arrivés, fournis par le Consortium, et il faut les installer, surtout franchir les torrents de montagnes de l'Aldan qui sont fantastiques, mais on peut y arriver. Liensun nous prêterait des dirigeables, le Consortium aussi pour lancer des câbles d'un bord à l'autre. Entre-temps l'argent est gaspillé pour équiper la police et l'armée. Le Consortium nous vend des lance-missiles, des lance-roquettes personnels, et j'ai refusé d'imaginer des glisseurs blindés. Kayata m'en veut et me désigne comme un pacifiste traître à son pays, affirmant que les Sibériens préparent une reconquête. Tout cela parce qu'on a aperçu quelques rafiots bricolés sur le lac que forme la Lena à l'ouest. C'est très inquiétant.

— Il n'y a pas d'opposition ?

— Si, mais Kayata veut la juguler. S'il n'y avait pas cette fabuleuse réserve de gaz, je quitterais le pays pour Lacustra ou Titan. Pourtant je suis sûr qu'il y a d'autres poches de gaz à découvrir dans ce coin-là.

Le lendemain, Farnelle et Danglov purent vérifier que les craintes de l'ingénieur étaient fondées, car les patrouilles de police étaient plus nombreuses sur les routes en planches qui rayonnaient autour de la petite capitale. Les hommes étaient armés de ces pistolets à minimissiles très meurtriers. On leur expliqua que le port de plus en plus fréquenté attirait des gens de toutes sortes, et que parfois des bandes se constituaient, dangereuses pour la sécurité publique. Que d'autre part on craignait une invasion des Sibériens, non seulement par l'ouest et les plans d'eau, mais aussi par le nord. L'océan Arctique se libérait à son tour de sa banquise et les Sibériens auraient décidé de construire des bateaux. La Convention du Moratoire, qui était le gouvernement central de la Sibérienne siégeant à Moscova Volksal, n'avait jamais reconnu la partition de la Concession et tenait le pays de Djoug pour inexistant.

— Le gouvernement affirme qu'il détient des informations secrètes là-dessus, mais nous en doutons, leur répéta l'ingénieur qui assistait au débarquement de ses moteurs et de ses carrosseries.

Zabel et Gdami étaient allés se promener à bord d'un de ces glisseurs que l'on pouvait louer sur les quais. Farnelle avait hâte de repartir pour les îles de la Reine Charlotte, car elle avait un travail d'inspection à faire là-bas. En tant qu'associée au collectif de gestion de l'Omnium, elle présentait régulièrement un rapport sur les activités de la scierie. Et puis les équipages des radeaux avaient hâte de débarquer chez eux, de revoir leur famille, sachant qu'ils devraient très vite se remettre à la construction de leur radeau.

Ils quittèrent le port le lendemain, profitant d'une accalmie de la purga. Dans la mer d'Okhotsk ils remarquèrent de petites unités de navigation dotées de lance-missiles et de mitrailleuses.

— Est-ce le Consortium qui les livre ? s'inquiéta Farnelle. Voilà qui ne me plaît guère. Il faudrait que nous déléguions au S.I.R.C. deux hydravions au moins. Ces vedettes rapides bien armées peuvent nous causer un tort considérable.

Elle ne l'avouait jamais franchement mais elle aurait souhaité que Liensun abandonne la Patagonie et l'Antarctique pour s'occuper un peu plus de Lacustra City, de la Nemicie et aussi des différents réseaux que les convois de fuphoc devaient emprunter pour acheminer cette huile à Markett Station. C'était également dans ces parages qu'il devrait prendre des décisions importantes. Elle rédigea son rapport dans ce sens, en précisant que le pays de Djoug devenait réellement une menace. Qu'il ne paraissait guère impressionné par le bombardement de China Voksal, et que le président en place persuadait l'opinion publique que les menaces pouvaient venir de partout.

— On ne parle que des Sibériens pour l'instant, mais un jour on dira que nous aussi nous avons des attitudes inquiétantes.

Danglov travaillait dur, surveillant à la fois la construction des radeaux de troncs et la formation des équipages dans l'école qu'il avait créée. La visite de l'école des pilotes d'hydravions d'Ann Suba à Lacustra City avait été une révélation pour lui. Il n'y avait rien de comparable entre les deux formations, mais il avait remarqué la minutie avec laquelle on préparait un pilote à son travail futur. Il lui fallait tout reprendre de zéro et, par exemple, réglementer avec précision la meilleure façon de construire un radeau emportant d'un seul coup deux à trois mille tonnes de troncs d'arbre.

CHAPITRE XX

Un détecteur d'infrarouges avait, durant toute la nuit, indiqué qu'une source de faible radiation existait à proximité de la zone d'ancrage du dirigeable, et au petit matin Liensun voulut en avoir le cœur net. Il se fit treuiller au sol, alla réconforter les gardes qui avaient veillé toute la nuit sur les ancres.

— Rien remarqué de spécial ?

— Non, dit le chef, mais on a entendu de petits bruits du côté des congères, là à côté. Il doit y avoir un animal ou des rats.

— Je vais voir, dit Liensun.

La nuit précédente il s'était introduit avec deux hommes dans Leadership Station, et pendant plusieurs heures, ils avaient en vain cherché Jdrien. Usant de son pouvoir de télépathe, il n'avait cessé d'essayer d'entrer en communication avec l'esprit de son frère. Ils avaient dû se retirer avant le petit matin sans avoir pu découvrir la moindre trace.

Et soudain il capta une pensée assez primitive qui était diffusée par un être humain à moins de quelques mètres. Il comprit qu'il s'agissait d'un Roux qui avait faim, qui voulait s'en aller de là mais n'osait pas à cause du monstre. Il s'efforça de l'apaiser, de le persuader qu'il ne risquait rien, que les Hommes du Chaud qu'il pouvait apercevoir ne lui voulaient aucun mal et, qu'au contraire, ils allaient le nourrir.

Il demanda qu'on lui descende quelques provisions, surtout de la viande congelée et du sucre. On lui envoya un petit container rempli de ce qu'il demandait et, tout en continuant à émettre des pensées apaisantes, il se rapprocha des congères, finit par apercevoir deux yeux qui luisaient au milieu de poils très gris. Et brusquement l'image de son père Lien Rag se superposa, comme un flash rapide, entre le Roux et lui sans qu'il comprît tout de suite pourquoi.

Il décida de s'exprimer oralement en langue rousse dont il connaissait quelques mots :

— Viande... Viande bonne... Sucre...

Il s'arrêta et ouvrit le container, en sortit des côtelettes de porc congelées, puis du bœuf et des cuisses de dindes énormes. Il y avait aussi des confiseries de toute nature.

— Vieux sur la glace seul?

Jdriele sut qu'il connaissait cet Homme du Chaud, que dans un passé lointain et qui vivait en lui dans de chaotiques bribes de souvenirs il l'avait rencontré, mais il ne se souvenait où exactement. Jdrien son fils l'avait également connu.

Liensun, une nouvelle fois, reçut l'image de son père Lien Rag en pleine tête et en resta étourdi.

— Moi manger?

Jdriele n'osait pas sortir de son trou et tendait une main. Liensun sortit de sa stupeur et lui passa une cuisse de dinde dans laquelle l'autre mordit de toutes ses dents gâtées. Ce n'était pas exactement ce qui convenait. Les Roux découpaient de fines lanières qui dégelaient instantanément dans leur bouche souvent édentée. Liensun fit un signe et, abandonnant les provisions, alla demander qu'on lui envoie un couteau auto-chauffant avec lesquels on découpait la glace. Une batterie minuscule portait la lame au rouge en une seconde. Il découpa une autre cuisse de dinde en tranches fines, en fit autant pour le reste et le vieux Roux commença de se gaver. Liensun put approcher et s'asseoir à côté de lui. Il attendit qu'il soit rassasié pour lui poser quelques questions. En même temps il détaillait son visage avec curiosité, et une idée absurde lui venait à l'esprit. Un jour il avait vu son père mal rasé et, alors, il ressemblait étrangement à ce vieux Roux avec ses poils gris qui noyaient ses traits et jusqu'à ses yeux.

— Vieux tout seul?

Jdriele, prudent, lui dit qu'il avait quitté sa tribu mais qu'il avait un ami Homme du Chaud qui chassait le renne de l'autre côté de ces montagnes, et qu'il allait le rejoindre pour chasser les bêtes. Pour prouver ses dires, il trouva dans ses poils des déchets d'une viande qu'il appela d'un nom désignant le renne, affirmant que son ami la lui avait donnée et qu'il lui en donnerait d'autre. Qu'il était vraiment son ami, mais qu'il avait dû le quitter pour aller marcher sur la glace. Il n'expliqua pas pourquoi.

— Tu vas rejoindre ta tribu ensuite?

Jdriele ne répondit pas. Le corps de Jdrien était caché à côté de lui, mais impossible à trouver sous les congères, et il ne savait pas ce que lui voulait cet homme qui, pourtant, lui donnait à manger et ne le menaçait pas. Il avait très peur du gros monstre qui volait au-dessus d'eux et pouvait à tout moment les écraser. Il en parla à Liensun qui secoua la tête :

— Il n'y a rien à craindre, je suis l'ami des Roux, mon père est aussi l'ami des Roux et mon frère et à moitié Roux.

Jdriele ne comprenait pas très bien et Liensun dut lui expliquer que son frère était le Messie des Roux. Dès lors Jdriele se méfia, car il avait l'impression que l'inconnu lui mentait, qu'il était là justement pour retrouver le corps de Jdrien et le ramener dans ce grand igloo où lui l'avait trouvé. Il continua de mâchonner ses tranches de viande sans regarder Liensun. Ce dernier se rendit compte qu'il y avait une rupture et sonda le psychisme de son vis-à-vis. L'homme connaissait bien Jdrien et pourtant il se méfiait.

— Mon frère se trouvait par là-bas, continua Liensun, et j'ai voulu aller le chercher... pas avec ça.

Il désigna le dirigeable.

— J'y suis allé avec une baleine volante.

Il craignait que le Roux ne trouve incroyable son récit mais Jdriele l'écoutait avec attention. Il avait vu la baleine volante, il se souvenait des hommes qui voulaient sauver Jdrien, pourtant il ne pouvait tout à fait faire confiance à celui-là qu'il avait dû rencontrer autrefois.

— Je peux savoir ton nom. Moi je suis Liensun... Je suis ici avec mon père Lien Rag qui est aussi le père de Jdrien.

Jdriele se garda bien de montrer son contentement et aussi sa crainte. L'Homme du Chaud essayait de le tromper en disant qu'il était accompagné du père de Jdrien, puisque c'était lui Jdriele le père de Jdrien. Les Hommes du Chaud inventaient toujours des ruses pour tromper les Hommes du Froid, mais celle-là ne l'inciterait pas à se trahir. Il avait mangé, il pouvait s'en aller. Il savait ce qu'il allait faire, sortir de son trou dans les congères et s'éloigner tout seul vers la ligne de crête. De là-bas il pourrait surveiller les Hommes du Chaud, et quand ils partiraient avec le monstre qui planait au-dessus de leurs têtes, il reviendrait libérer le cadavre de Jdrien des congères et le traînerait chez son ami le chasseur de rennes. Là il ferait grande provision de viande avant de poursuivre sa longue marche vers le mausolée de Jdrou.

— Moi bien manger, moi partir...

— Tu ne m'as pas dit ton nom, dit Liensun avec émotion, mais moi je viens de le découvrir. Tu t'appelles Jdriele.

CHAPITRE XXI

— Non, dit Gus, je ne puis rester avec vous ce soir. Depuis ce matin le Bulb est très bizarre et je dois le surveiller, enregistrer ses réactions, prévoir l'avenir le plus proche.

— Je ne le trouve pas plus mal que d'habitude, dit Isaie, et quand j'étudie tous les symptômes, je ne vois rien qui puisse nous alarmer vraiment.

Les trois hommes se trouvaient dans la cuisine et Grathe venait de proposer un jeu qu'il avait longtemps pratiqué quand il vivait avec le père Faro. Mais Gus était vraiment préoccupé par l'animal de l'espace.

— J'ai découvert d'autres quantités de K 20, expliqua Isaie, mais en aurons-nous suffisamment pour tuer notre ami, j'en doute.

— Et les boosters. Il va falloir les installer dans le silo des navettes, dans l'échancrure de la carapace. D'après mes calculs, c'est le meilleur endroit pour donner à l'animal les impulsions nécessaires.

— Je peux m'en charger, dit Grathe. Je connais l'endroit.

Isaie fit celui qui n'avait rien entendu. Il n'était plus aussi agressif depuis sa dernière crise et paraissait même se détacher du jeune garçon. Gus le voyait arriver souvent dans la salle des contrôles où il s'installait devant un clavier et un écran pour rechercher les stocks de morphine synthétique et les boosters.

— Tout peut arriver très vite, toutefois la chute vers la Terre ne sera pas aussi brutale que vous l'imaginez. Durant cette période, nous aurons la possibilité de régler certains détails.

Dans la salle des contrôles, l'écran du Bulb clignotait et il signala son retour.

— Vous vous absentez souvent, lui reprocha le Bulb. J'aimerais savoir si vous pensez sérieusement à ma mort prochaine ou bien si je dois la régler moi-même.

— Ne vous inquiétez pas, pianota Gus. Nous devons rassembler de grosses quantités de K 20. Nous devons également essayer de songer à nous-mêmes.

— Que pensez-vous faire ? Quitter mon corps ? Pour aller où puisque les navettes ne fonctionnent plus ?

— Nous n'avons pas envisagé de solutions pour l'instant, répondit prudemment Gus.

L'indifférence du Bulb envers leur propre sort le laissait indigné mais aussi méfiant. Il avait l'impression que l'animal de l'espace se doutait qu'ils tenteraient quelques chose, et qu'il essayait de le cacher.

— Il est possible que vous puissiez me quitter une fois mort, dans l'hyperespace, pour essayer de rejoindre Ophiuchus IV où paraît-il existent encore des colons humains. Pour vous ce serait une solution acceptable.

Gus pensa qu'il voulait l'orienter vers d'autres recherches, lui faire perdre son temps, et il fit mine de s'intéresser à cette proposition, demanda des précisions.

— Vous trouverez des indications précises dans la mémoire de mon concurrent direct, le cerveau électronique. Mais ne comptez pas sur moi pour établir une interconnexion avec lui. J'ai supporté des siècles de votre ère cette collaboration forcée, et maintenant que j'en suis délivré, je n'ai plus du tout envie de la rétablir.

— Je vous comprends très bien et je vous remercie, répondit Gus.

L'écran s'éteignit et le Terrien resta assez perplexe sur l'utilité d'une telle conversation. Il attendit avant de reprendre ses calculs et la mise au point d'un programme acceptable.

— Nous transportons les boosters, vint lui dire Grathe. Nous avons dû déloger des loupés dans le niveau où ils se trouvent, à coups de laser. Les petites fusées sont en excellent état et je tiens à les disposer moi-même selon le plan que vous avez conçu.

— J'ai fait étudier par l'ordinateur quelle poussée serait nécessaire et je vais avoir bientôt les chiffres.

C'est alors qu'il se souvint de sa conversation avec le Bulb. Pourquoi ce dernier avait-il jugé bon de rappeler qu'il refusait toute interconnexion avec l'intelligence artificielle du satellite ? C'était un peu trop grossier, pensa Gus qui essaya de voir si ses demandes n'étaient pas parasitées ou encore si un virus n'avait pas été introduit dans le système pour déformer les résultats.

Il finit par trouver. Le Bulb interférait bien au niveau des mémoires profondes du satellite, dans une partie que Gus n'avait jamais bien explorée soit par l'intermédiaire de l'ordinateur, soit en personne. Il existait une salle fermée comme un coffre-fort dans laquelle il n'avait jamais pu pénétrer. Il se rappela ses débuts dans le monde du satellite, quand il avait découvert un Lien Rag complètement gâteux, abandonné par Kurts parti à la recherche des mémoires du satellite qu'il pensait trouver dans les bas-fonds. Il avait essayé d'ouvrir ce fameux coffre-fort géant sans jamais y parvenir.

Lorsque l'écran des organes mixtes s'alluma, il repéra tout de suite la fibre organique qui s'était connectée d'elle-même sur d'autres fibres synthétiques. Il en demanda le spectre et différencia par la couleur l'organe du Bulb. A l'aide d'un crayon spécial il élimina sur l'écran cette fibre sur toute la longueur visible, puis en demanda l'exécution dans les mémoires profondes selon un code prévu. A toute vitesse il alla ensuite examiner les différents cadrans qui surveillaient la santé du Bulb et, quelques secondes plus tard, il enregistra une contraction douloureuse dans un nerf. Il sourit. L'écran lumineux s'alluma tout de suite après :

— Je me suis accidentellement blessé, écrivit le Bulb en lettres cathodiques. Pouvez-vous soigner la zone lésée ?

— Rien de plus facile si vous me la désignez.

Naïvement le Bulb lui obéit, fit apparaître sur l'écran une coupe au scanner d'une faible partie de son organisme où Gus repéra le nerf endommagé. Il put le cautériser et aurait même pu commencer le processus d'une greffe, mais l'état du Bulb ne permettait plus qu'on aille jusque-là.

— Merci, écrivit l'animal.

Il ne s'était douté de rien, n'avait pas compris que Gus avait deviné qu'il se connectait sur les informations secrètes et qu'il avait sectionné sa terminaison nerveuse. Son cerveau devait commencer à perdre de son acuité. Comme s'il était frappé de sénescence. Le K 20 serait donc en quantité suffisante pour accélérer ce processus jusqu'à la mort.

Voilà pourquoi le Bulb lui avait paru aussi bizarre depuis le début de la journée. Peu à peu arrivèrent les indications pour la poussée des boosters et Gus s'efforça de les étudier malgré certains termes rébarbatifs. Leur retour sur Terre serait dû au bricolage le plus insensé, le plus incroyable qu'on ait jamais tenté de mener à bien. S'ils réussissaient, ils auraient pour eux la seule chance sur un million qui leur soit attribuée par le hasard ou la bonté divine.

— Je peux commencer les injections de K 20 quand vous voudrez, vint lui dire le petit docteur Isaie ; tout est prêt.

CHAPITRE XXII

Il avait très mal dormi, et lorsqu'il se leva, le Kid éprouvait la plus grande tristesse de sa vie. Il n'avait jamais éprouvé rien de tel, même lorsqu'il avait perdu sa compagne autrefois, même lorsque la petite Rewa, fille du peuple Jonas, avait dû être rendue à ses amis. Il regarda par les hublots de son train présidentiel et constata qu'une brume épaisse recouvrait l'île du Titan, et que seule la lueur rouge du grand volcan parvenait à saigner dans cette humidité opaque.

— Pourquoi ai-je pensé « saigner » ? Je n'aime pas du tout cela.

Il se sentait misérablement seul dans cette île que les usines et les ateliers de toutes sortes envahissaient de plus en plus. Il aurait voulu s'installer à Lacustra City, dans une de ces demeures vastes et lumineuses que Liensun faisait édifier, mais on avait encore besoin de lui dans cet endroit.

Il comprit qu'avec ce brouillard son hydravion ne pourrait pas décoller et qu'il devrait attendre lamentablement que le temps se dégage enfin. Il aurait aimé retrouver ses amis, seulement ils étaient dispersés aux quatre coins du monde. Lien Rag, Liensun, Yeuse se trouvaient de l'autre côté du Pacifique, Farnelle aux îles de la Reine Charlotte en train d'inspecter le S.I.R.C., la scierie des îles de la Reine Charlotte précisément. Il ne restait qu'Ann Suba à Lacustra City, mais il ne la connaissait pas assez pour lui faire part de ses angoisses au sujet de Jdrien retenu en otage par la Guilde des Harponneurs.

Jdrien ! Son fils adoptif. L'enfant né d'une Rousse, Jdrou, en Transeuropéenne, avait été bébé la proie de tous les dangers. C'était une époque où un petit métis n'avait pas le droit de vivre au sein d'une famille du Chaud. Lien Rag avait dû fuir devant les menaces. Plus tard il avait dû confier son fils à Yeuse qui travaillait avec lui, le Kid, dans un cabaret douteux. Ce cabaret donnait des représentations sur le front au cours de la guerre entre la Transeuropéenne et la Sibérienne. Le cabaret avait été capturé par les sibériens. Et à nouveau il avait fallu cacher l'enfant au cours des diverses aventures que la troupe avait connues. Pour finir, le Kid avait réussi à rejoindre China Voksal en compagnie de l'enfant, et de cette époque datait son irrésistible ascension vers la richesse et le pouvoir. Il avait racheté des actions d'une Compagnie abandonnée de tous, une Compagnie qui épouvantait les acheteurs éventuels. Il avait voulu savoir ce que c'était exactement, cette Concession dont il venait d'acquérir des parts, et à bord d'un vieux remorqueur pourri il avait emprunté le réseau de l'est. Il avait fait connaissance avec la Guilde des Harponneurs, un beau ramassis d'assassins, de voleurs et d'ivrognes déjà en ce temps-là, mais il avait continué vers l'est jusqu'à ce qu'il découvre ce merveilleux volcan qu'il avait baptisé Titan. Tout de suite il avait compris que cette énorme source de chaleur allait lui apporter la richesse, qu'il allait pouvoir créer la plus puissante des Compagnies. Durant toutes ces années, plus de vingt ans, il avait considéré Jdrien comme sa mascotte, son porte-bonheur, et ne l'en avait chéri que davantage.

— Autrefois, malgré ma petite taille et mes jambes de bébé, j'étais capable de le défendre alors que maintenant je laisse faire les autres, son frère Liensun, son véritable père, mais c'est moi qui l'aime le plus. Il le sait et j'espère que cette pensée le soutiendra alors qu'il affronte l'épreuve la plus cruelle de toute sa vie.

Personne. Il n'avait personne pour partager ses craintes, et cette brume épaisse le coinçait sur cette île qui représentait tout ce qu'il lui restait de l'immense Compagnie de la Banquise qui recouvrait tout le Pacifique. A une époque il avait battu les puissantes flottes panaméricaines, il faisait peur à tout le monde et la monnaie qu'il avait créée, la calorie, s'était un jour échangée à soixante-dix pour un dollar alors que quelques années auparavant on n'aurait pas trouvé un dollar avec mille de ces calories.

Comme avec Tharbin, ils auraient dû depuis longtemps anéantir la puissance de la Guilde, frapper partout en Antarctique jusqu'à ce que ce ridicule Caudillo Herandez demande grâce. Ils auraient dû le faire assassiner, mais ils avaient trop tergiversé. Lui-même avait vendu des capillaires pour qu'ils construisent des barges pour transporter leur balenium. En échange de son premier hydravion.

Il convoqua son pilote personnel qui lui confirma qu'ils ne pouvaient décoller par un temps pareil.

— Je veux me rendre à Chiloe Station en Patagonie Occidentale, préparez donc le voyage.

— Mais quand voulez-vous partir ?

— Quand le brouillard se lèvera.

— Nous devrons embarquer des réservoirs supplémentaires. Nous avons besoin d'au moins vingt-quatre heures pour tout préparer.

— Je veux que le décollage ait lieu quand le brouillard se dissipera, c'est clair ?

Il pouvait encore donner de tels ordres. Autrefois, son train présidentiel pouvait sur l'heure foncer à travers sa Concession, dévorer, à plus de deux cents kilomètres à l'heure, les milliers de kilomètres déjà construits de son viaduc géant. La construction la plus importante au monde, celle que l'on aurait pu voir depuis la Lune si celle-ci n'avait pas explosé un jour, entraînant la période glaciaire.

— De Chiloe, je m'envolerai pour Leadership Station et je parlerai au Caudillo, je lui demanderai la grâce et la libération de mon fils adoptif. Je lui offrirai tout ce qu'il exigera, que m'importe. J'ai cru que j'allais recommencer le coup de la Compagnie de la Banquise avec l'Omnium du Pacifique, mais mes associés n'ont pas tellement besoin de moi. Même ici à Titan n'importe qui peut diriger. Le seul qui ait besoin de moi aujourd'hui c'est Jdrien, et je ne vais pas faillir à mon devoir... Non, à mon affection.

Mais le brouillard ne se levait pas et il bouillait d'impatience, bousculait le personnel du train, harcelait son secrétariat, faisait téléphoner sans cesse à la météo qui n'annonçait aucune amélioration dans l'immédiat. Il alla visiter les usines où le verre de silcium était la source de multiples fabrications, mais bientôt les trains en continu, les laminoirs, les polisseurs l'agacèrent et il alla boire un verre d'alcool à la cafétéria de l'atelier, puis rejoignit son train où on lui dit que le brouillard risquait de persister plusieurs jours.

— Des messages radios?

— Les ondes sont très perturbées.

— Comment faisaient-ils autrefois? Je lis dans de vieilles brochures qu'ils pouvaient communiquer avec n'importe quel point de la Terre.

Il s'enferma dans son bureau, essaya de travailler à plusieurs projets en attente, mais il n'avait plus d'idée et le visage de Jdrien ne cessait de hanter sa pensée, au point qu'il se demanda si le garçon n'essayait pas de le contacter par télépathie, comme cela arrivait souvent. Mais non, c'était son angoisse qui créait cette image pour matérialiser ses sentiments.

Ce fut à minuit que le brouillard se dissipa un peu et qu'il décida qu'on pouvait décoller. Frémissant d'impatience, il se fit transporter à bord de son hydravion, refusa sa couchette et s'installa dans la cabine de pilotage.

CHAPITRE XXIII

Jdriele resta sans réaction. Il n'avait jamais vu cet Homme du Chaud mais il se méfiait de lui. Il n'avait qu'une hâte, c'était qu'il s'en aille, qu'ils s'en aillent tous, qu'il puisse reprendre sa marche vers l'endroit où habitait le chasseur de rennes son ami. Il lui demanderait une peau de renne pour y déposer le corps de Jdrien. En mettant les poils dans le sens de la marche il avancerait plus vite qu'avec cette feuille de plastique. Il lui demanderait aussi assez de viande et de graisse pour pouvoir rejoindre le tombeau de la déesse Jdrou.

— Vous avez un autre nom, disait Liensun la voix rauque. Jdriele est votre nom d'Homme du Froid, mais vous avez porté un nom d'Homme du Chaud.

Le Roux ne faisait pas tellement attention à ce que lui disait ce garçon, uniquement préoccupé par ses projets immédiats. Il s'impatientait de perdre ainsi son temps. Combien devrait-il attendre avant que ces gens-là ne s'en aillent avec leur monstre ? Il était vieux, il était faible, il fallait qu'il rejoigne au plus vite le mausolée de Jdrou et il devrait marcher des jours et des nuits avant de l'atteindre.

— Vous vous appeliez aussi Lien Rag... Vous êtes né dans un satellite et vous êtes arrivé sur Terre en compagnie de Jdruke qui lui aussi portait un autre nom, celui de Kurts. Pour vous évader d'un monde lointain, vous aviez accepté de devenir des Roux. Par un procédé que l'on appelle clonage et une croissance accélérée. Vos originaux sont restés dans le satellite, vous, vous avez rejoint cette Terre, mais c'était une tentative d'évasion dérisoire. D'une part vos originaux se sont rendu compte qu'ils restaient prisonniers du satellite, alors qu'ils avaient cru au moins s'évader par l'esprit et vous, une fois sur Terre, avez commencé de régresser mentalement. Jdruke est mort, vous vous avez rejoint les tribus les plus primitives, au sein desquelles vous ne seriez pas considéré comme un arriéré comme dans les plus évoluées. Souvenez-vous, Jdriele, Lien Rag, Kurts le pirate votre ami.

Dans la conscience de Jdriele quelques vagues échos résonnèrent brièvement. Ces noms-là peut-être avaient-ils eu quelque importance pour lui dans le temps, mais quel temps ? Il avait quelquefois essayé de se souvenir de son enfance comme le faisaient les vieux dans les tribus. Ils racontaient des histoires magiques qui faisaient béer et aussi se moquer les enfants. Lui ne se souvenait de rien, sinon qu'un jour il s'était retrouvé adulte sur la glace en train de marcher avec un compagnon dont il avait oublié le nom.

— Lien Rag, souvenez-vous : Lien Rag.

Ce garçon l'agaçait. Il devait reprendre sa route, se diriger vers l'igloo de chasse de son ami Almar, lui emprunter une peau de renne, de la viande et de la graisse.

— Moi partir.

— Vous parlez un peu notre langue, lui fit remarquer Liensun, où l'avez-vous apprise ?

Là-haut depuis la passerelle, Lien Rag, se demandait ce que son fils cadet pouvait bien dire à ce Roux délabré à la fourrure grise et dont les poils tombaient. Ils devaient quitter cet endroit, aller patrouiller autour de Leadership Station afin de retrouver Jdrien. Blessé, il avait pu se traîner dans ces solitudes en attendant d'être secouru. Les Hommes-Jonas, après avoir été recueillis à bord de l'*Indépendance*, avaient été récupérés par d'autres habitants de baleines et se trouvaient désormais dans la mer de Davis.

— Il faut que je dise au véritable Lien Rag de venir nous rejoindre, dit Liensun. Attendez...

Il se dirigea vers l'un des gardes qui portait un petit émetteur, demanda à parler à son père, lui demanda de descendre.

— S'agit-il de Jdrien ?

— Pas tout à fait, mais c'est tout de même étrange.

Lorsque Lien Rag tournoya au bout de son câble, Liensun alla au-devant de lui pour l'aider.

— Prépare-toi à un choc émotionnel sans précédent. Ce vieux Roux là-bas n'est autre que Jdriele ton clone.

Lien Rag parut rester impassible, mais son regard se fixa sur la silhouette chétive du vieillard.

— Comment en es-tu sûr ?

— Je l'ai reconnu. Je ne l'ai vu qu'une fois mais assez longtemps. J'étais en compagnie de mon frère Jdrien. Il te cherchait. Il avait perçu tes ondes mentales, était persuadé que tu errais sur la banquise à l'ouest de la Compagnie de la Banquise. Je suis arrivé chez lui avec un dirigeable et nous avons utilisé l'appareil pour partir à ta recherche. Nous avons fini par te trouver... Excuse-moi, par trouver ton clone, ce Roux qui déjà commençait de régresser mentalement et basculait dans le camp des Hommes du Froid primitifs. Déjà son cerveau rejetait tous les acquis venant de ta personnalité pour retrouver ses instincts.

— Que fait-il dans ce coin ? A proximité de Leadership Station où Jdrien était retenu comme otage ? Il n'y a pas de hasard aussi inexplicable possible.

Pourtant Lien Rag hésitait à se présenter à son double.

— C'est comme une méchante esquisse ou une caricature outrée, dit-il. Je n'ai pas envie de le regarder de près.

— S'il sait quelque chose sur Jdrien, il te parlera à toi. Il se méfie de moi.

Lien Rag réfléchit encore quelques seconde puis avança lentement. Jdriele soupira. Encore un autre Homme du Chaud pour venir lui poser des questions qu'il ne comprenait pas, lui citer des noms inconnus. Il pencha la tête sur son épaule pour observer le nouveau venu. Sa méfiance s'accrut encore. Pas question de parler du cadavre de Jdrien enfoui sous les congères.

Lien Rag avait désormais conscience de l'ampleur de la folie qui s'était emparée de Kurts et de lui avec cette histoire de clonage. Comment avaient-ils pu croire une seule seconde qu'ils s'évaderaient même en pensée de l'enfer du satellite ? Nuit et jour, ils avaient donc suivi l'évolution accélérée de leurs clones dans l'embryogénital, et puis les différents stades après la pseudo naissance, le développement des bébés, leur passage rapide aux différents étapes de l'adolescence. Et pour finir l'envoi brutal sur Terre les prenant au dépourvu. Le système ne prévenait pas et, d'un coup, ils s'étaient retrouvés seuls à nouveau, ignorant ce que devenaient leurs doublures. Plus tard, revenus sur Terre, ils avaient appris de la bouche de Jdrien, de Yeuse et de Farnelle, ce qu'il était devenu de leurs clones. Kurts, rassuré par l'annonce de la mort du sien, n'avait plus été obsédé par son existence, mais Lien Rag n'avait jamais cessé de penser à cet être recouvert de fourrure, qui vivait une existence primitive quasi animale dans les tribus les plus reculées, et un malaise désagréable l'avait toujours accompagné.

Il découvrait cet être vieilli avant l'âge, usé par les contraintes d'une vie difficile, attendrissant avec sa fourrure qui laissait nues de grandes plaques d'une peau ridée et grise, le regard sans profondeur, l'absence de véritable intelligence.

— Je m'appelle Lien Rag, dit-il.

Le Roux hocha la tête sans manifester surprise ou vague émotion.

— Moi partir maintenant, disait-il.

— Je cherche Jdrien le Messie des Roux... Il était retenu par de méchants Hommes du Chaud dans leur grande hutte là-bas, mais nous avons voulu l'aider à s'échapper. Les Hommes du Chaud ont tiré sur lui et nous ne l'avons plus retrouvé.

Jdriele ne pouvait être là, loin des tribus les plus sauvages sans véritables raisons. Les vieux étaicnt abandonnés parce qu'ils ne pouvaient suivre le rythme des migrations, mais en général ils restaient dans le sillage des groupes pour glaner les quelques débris de nourritures que ceux-ci pouvaient abandonner. Ils mouraient au bout de quelques jours. Or celui-là avait tourné le dos à ses tribus, traversant l'Antarctique dans sa plus grande longueur pour rejoindre Leadership Sation où, précisément, Jdrien était retenu comme otage. Quel instinct, quelle voix mystérieuse avait poussé le vieillard dans cette direction?

— Je suis sûr qu'il était dans la station dernièrement, disait Liensun. Il y a dans sa fourrure de minuscules parcelles de matériau composite. Il ne s'en rend même pas compte. Et je vois aussi des traces de brûlures sur cette fourrure, comme si elle avait été étuvée. Regarde ces zones plus propres. Il a fallu une eau bouillante pour les débarrasser de leur suint.

Lien Rag était d'accord. L'homme se trouvait dans Leadership Station, mais était-ce au moment de l'évasion de Jdrien?

— Aucun Roux n'est admis là-bas. Ils les tuent sans pitié. Tu étais dans la grande maison des Hommes du Chaud?

Jdriele ne répondit pas et Liensun chercha à pénétrer son esprit, seulement il était plus difficile d'appréhender la pensée linéaire d'un primitif que celle d'un cerveau plus actif. Il en retira cependant l'impression que l'homme cachait quelque chose avec une volonté farouche.

— J'étais donc cet homme et je le suis encore, dit Lien Rag, c'est intolérable. Nous n'aurions jamais dû faire ça. Il a reçu tout mon capital génétique, spirituel, mes expériences, mes connaissances, tout, et voilà qu'il n'est autre qu'un animal qui réussit à peine à marcher sur deux pattes.

— Un animal qui rôdait autour de la cage où son fils Jdrien était retenu captif, lança Liensun avec irritation.

— Ce n'est pas son fils, c'est le mien, la paternité ne peut se léguer avec le reste.

— Chez les Roux la paternité est multiple et une à la fois. Le père c'est la partie mâle de la tribu, seule la mère est identifiée au moment de la naissance, mais par la suite l'allaitement est réparti entre toutes les femmes qui ont du lait. S'il n'a subsisté qu'une seule chose, c'est bien cette idée que Jdrien était né de lui. Il est possible que dans les tribus on le lui ait répété quelquefois mais sans lui accorder un statut privilégié comme à Jdrou, la mère de Jdrien. La preuve, les Roux n'ont pas hésité à l'abandonner lorsqu'il est devenu vieux.

Fasciné, horrifié, Lien Rag se disait que dans vingt ou trente ans son propre corps, son esprit ne seraient que cela, cette dégradation totale, cet air hébété, ces dents cariées. Il ne serait plus rien qu'un peu de sang circulant difficilement dans des vaisseaux engorgés, qu'un peu d'air sortant de poumons atrophiés, qu'une vague lueur d'intelligence dans un cerveau racorni.

— Il ne dira rien, conclut Liensun, et c'est tout en son honneur. Nous allons le laisser poursuivre sa route.

— Essaye de pénétrer son esprit, ses souvenirs…

— Inutile, il est comme un coffre soigneusement fermé, je n'en tirerai rien. Nous ne pouvons le retenir plus longtemps. Il a une grande hâte de s'en aller vers l'est et nous ne pouvons le retenir plus longuement.

Il fit signe à Jdriele qu'ils partaient et entraîna son père qui ne put s'empêcher de se retourner une dernière fois sur cette pitoyable image de lui-même.

CHAPITRE XXIV

Allongé dans son trou, Jdriele assista aux préparatifs de départ du monstre volant, fut effrayé quand, depuis les ancres, s'élevèrent des vapeurs chuintantes. On les chauffait pour les extraire de la glace, les remonter au bout de leurs câbles. L'équipage avait déjà embarqué et quand le dernier grappin fut remonté, le dirigeable commença de grimper dans le ciel. Jdriele gardait une bonne vue malgré sa décrépitude, et il voulait être certain que cette sorte de bête inquiétante ne resterait pas au-dessus de lui à le guetter. Certains goélands géants pouvaient atteindre de grandes hauteurs dans le ciel et y rester presque immobiles pour surveiller leur proie. Ensuite, en un éclair, ils pouvaient s'abattre sur elle, sans que celle-ci ait le temps de fuir se mettre à l'abri.

Le dirigeable ne se contenta pas de prendre de l'altitude mais se dirigea vers le nord, ce qui rassura Jdriele qui, lui, avait l'intention de poursuivre vers l'est. Prudent, il décida d'attendre le milieu de la journée avant de se mettre en route. Il avait mangé ce que lui avait donné ce garçon du Chaud, et même il en restait assez pour qu'il puisse se nourrir durant deux autres jours.

Il essaya de réfléchir au sujet du deuxième Homme du Chaud, le plus vieux qui le regardait si fixement. A la fin, il avait eu l'impression qu'il s'établissait une sorte de lien entre eux, une tresse de poils invisibles. Il n'avait que cette référence en tête, les cordes que les siens fabriquaient avec leurs propres poils. Des cordes de toutes dimensions. Pour les filets, toutes fines, pour hisser un phoque sur la glace, très grosses. Il y avait eu quelque chose de semblable entre eux mais il ne pouvait s'expliquer pourquoi.

Quand le jour fut au plus fort, il déplaça les blocs de glace qui recouvraient le cadavre de Jdrien et le sortit de sa cachette, toujours sur sa feuille de plastique. Il regarda dans toutes les directions sur le sol mais aussi dans les airs et, rassuré, reprit sa marche vers l'est. Il espérait atteindre la ligne des crêtes à la nuit. Il se reposerait et attendrait le jour du lendemain pour descendre vers son ami le chasseur de rennes. Il se réjouissait à l'avance de revoir Almar. C'était le seul Homme du Chaud en qui il pouvait avoir confiance à son avis, et le seul qui avait été bon pour lui sans exiger quoi que ce soit. Il aurait voulu qu'il l'aide à chasser les rennes, mais il avait compris que Jdriele ne pouvait accepter sur-le-champ. Quand il aurait ramené Jdrien auprès de sa mère et qu'un autre mausolée aurait été édifié, il retournerait, si ses forces le lui permettaient, auprès de son ami. Il n'en bougerait plus jusqu'à sa mort. La viande de renne lui plaisait et cet Homme du Chaud lui plaisait autant.

Depuis plus de cinq mille mètres, profitant d'une atmosphère sèche, Liensun et Lien Rag venaient d'assister à l'exhumation de Jdrien. Leurs appareils optiques étaient si performants qu'ils avaient pu examiner avec attention le visage du Messie et accepter l'idée de sa mort. Ils n'avaient pu échanger un seul mot, et celui qui à bord du dirigeable faisait office de médecin était venu, à leur demande, examiner les images de Jdrien malgré la grande distance.

— Cet homme est mort, dit-il. Mort depuis quelques jours déjà. Le froid empêche d'établir une date précise mais il y a des signes qui ne trompent pas.

L'annonce de la mort du Messie des Roux frappait l'équipage de stupeur. Pour le moment, Liensun avait interdit que la nouvelle soit répandue sur les ondes. Il avait fait réduire au maximum les moteurs afin que leur bourdonnement n'effraye pas Jdriele.

Le vieillard peinait sur la glace parmi les congères qui bouleversaient le paysage. Il tirait sur sa toile de plastique, fortement penché en avant.

Lorsqu'il put enfin parler, Lien Rag proposa qu'on aille le rejoindre.

— Non, dit Liensun. Jdrien appartient désormais aux Roux. Il faut le leur laisser. Il n'a fait que quelques apparitions dans notre vie d'Hommes du Chaud, mais ce sont les Roux qui doivent le recueillir dans leur sein.

Lien Rag ne chercha pas à convaincre Liensun et d'ailleurs son second fils avait raison. Mais quelle étrange situation d'être ainsi à cinq mille mètres dans le ciel à bord d'un appareil sophistiqué, symbole d'une technique triomphante qui parvenait enfin à ressusciter, après des siècles de stagnation, et de regarder ce primitif qui tirait derrière lui le cadavre de son fils. Son fils à lui, pas celui de ce Jdriele, enfin il en décidait ainsi. Jdrien avait parfois eu des faiblesses pour le monde du Chaud, pour son confort, pour son ambiance, parce qu'il y rencontrait des gens avec lesquels il pouvait s'entretenir d'autres sujets que la chasse aux phoques, la pêche des poissons, l'amour avec les femelles Rousses. Lien Rag savait qu'il avait souffert de sa dualité, de son métissage, qu'il n'avait jamais admis sa divinité, son état de Messie. Il avait seulement le sens de certaines responsabilités vis-à-vis des Hommes du Froid, mais il prévoyait que dans un avenir rapproché il retournerait vers ses amis du Chaud. La Terre se réchauffait et l'Antarctique resterait le dernier refuge de ce peuple qui n'était à l'aise que par des moins soixante degrés. Ailleurs régneraient des climats variés, excessifs mais aussi tempérés où Jdrien, qui au-delà de quinze degrés souffrait, aurait pu trouver le bonheur.

— Il marche de façon farouche, lui murmura Liensun, contourne à peine les obstacles comme s'il craignait de dévier d'un pouce.

De leur observatoire ils distinguaient cette ligne de crêtes vers laquelle Jdriele se dirigeait. Quelques collines un peu aiguës, un peu difficiles à passer, mais rien des montagnes élevées qu'on distinguait plus loin. On apercevait ensuite le cirque naturel bordé de falaises à lichens où vivait un gros troupeau de rennes et sur la gauche les quelques wagons où le chasseur solitaire s'abritait.

La nuit vint et ils durent aller s'ancrer à quelque distance, face au vent pour que Jdriele ne perçoive pas les odeurs d'huile brûlée des moteurs.

Ils ne purent se résigner à aller se coucher.

— Allons-nous laisser impunie la mort de Jdrien? demanda Liensun alors qu'on venait de leur servir du café et des sandwiches. Faut-il encore la taire?

— Les Harponneurs pourraient partir à la recherche de son cadavre pour le faire disparaître.

— Nous devons l'approcher, le photographier, donner au monde la preuve que mon frère, ton fils, est mort assassiné par la Guilde des Harponneurs.

— Attendons, murmura Lien Rag. Il y a eu déjà beaucoup de morts ces derniers temps, et la vie de notre Terre déjà bien tourmentée par le dégel et le réchauffement ne peut s'ensanglanter éternellement de représailles, de contre-représailles.

— Herandez doit payer.

— Tu bombarderas sa ville mais lui s'échappera.

Il avala du café :

— Laissons faire les Roux. C'est leur affaire.

— Ils n'ont rien fait pour sauver Jdrien.

— C'est dans leur logique. Leur pensée collective était façonnée pour la guerre. Rien que pour accepter cette notion-là ils ont dû se réunir longtemps, y réfléchir ensemble des mois. Ils ont rompu avec un mode de pensée ancestral. Comment pouvaient-ils également songer à Jdrien ? Non, il faudra attendre la vengeance des Roux.

— Nous devrons annoncer au monde que Jdrien n'est plus.

— Nous le ferons.

Au petit matin ils étaient déjà devant les instruments optiques et surveillaient Jdriele qui mangeait à son réveil. Puis il reprit sa marche dans les vallées étroites de la ligne des crêtes, et lorsqu'il découvrit le cirque aux rennes et l'installation du chasseur, il s'arrêta et leva les deux bras vers le ciel en renversant la tête. Lien Rag craignit qu'il ne découvre en cet instant le dirigeable, mais une nuée bienvenue les dissimula quelques secondes.

Ragaillardi par la proximité de son ami le chasseur de rennes, Jdriele força son train et, peu après, l'Homme du Chaud l'ayant aperçu depuis son wagon d'habitation alla au-devant de lui.

— Tu es de retour... Mais qui est-ce ?

— Mon fils Jdrien.

— Le Messie... Je le reconnais bien car je l'ai aperçu jadis... Tu ne me racontais pas des histoires...

Almar s'agenouillait, examinait le corps du garçon. Il relevait les impacts de minimissiles qui avaient dû faire un effroyable ravage dans le corps.

— Comment peut-on utiliser ces balles-là ?

Il relevait des hématomes qui ne devaient rien aux projectiles. Dans son langage réduit, Jdriele lui expliquait comment son fils avait tenté de s'évader, avec la complicité de gens venus à bord d'une baleine volante. Almar ne manifestait aucune surprise. Il savait que le Roux ne mentait pas. Il comprit que la tentative avait échoué et que Jdrien, non seulement blessé par balles, avait fait une chute énorme et s'était écrasé dans les décombres de la station en partie détruite. Personne, à l'exception de Jdriele, n'avait retrouvé son cadavre enfoui dans une crevasse.

— Bien. Tu dois être fatigué. Viens te reposer chez moi. Nous mettrons le Messie à l'abri des loups qui la nuit viennent parfois rôder autour de chez moi. Une fois ils ont réussi à ouvrir la porte d'un wagon où j'entasse les carcasses et ont fait un pillage énorme. Le temps que je me réveille, ces énormes fauves repartaient en tirant chacun sa dépouille de renne.

Il aida Jdriele à tirer le cadavre, promit de lui donner une belle peau de renne pour continuer sa marche vers l'est.

— J'ai même une belle peau de loup rouge, je pense que pour un Messie elle serait plus adaptée.

Jdriele ne cacha pas sa joie et ce fut la première chose qu'il demanda à voir. Almar alla la chercher dans un des wagons et l'étala sur la glace. Elle était magnifique et la tête du loup avait été soigneusement reconstituée. Les yeux étaient deux billes de verre qui reproduisaient la sauvagerie du regard. Ils placèrent Jdrien sur son magnifique suaire et restèrent silencieux, émus et admiratifs de voir le Messie royalement allongé pour l'éternité.

— Lorsque j'ai tanné cette peau, je me disais qu'il faudrait la destiner à un usage exceptionnel, et je crois que j'ai toute les raisons d'être satisfait, dit le chasseur de Rennes.

Il alla chercher de la nourriture et de la bière et ils festoyèrent gravement auprès de la dépouille du garçon.

— Tu as encore bien du chemin à parcourir, lui dit Almar, et j'aimerais t'accompagner mais ce n'est pas dans les usages du Peuple du Froid et je crains pour toi que tu ne sois attaqué par les animaux et aussi par les hommes. Il faudra bien te garder.

Dans l'*Indépendance* Lien Rag avait assisté à la scène et admirait la superbe peau de loup rouge sur laquelle son fils reposait.

— Ce chasseur de rennes est un brave homme. Il faudra que nous fassions sa connaissance.

CHAPITRE XXV

Le troupeau de Bulbs n'avait pas sa nonchalance habituelle et s'agitait beaucoup. C'était Isaie qui l'avait remarqué et Gus était venu regarder les images reproduites sur l'écran.

— Ils commencent à se douter que la fin de leur copain est proche et se préparent pour le grand retour.

— C'est angoissant, dit le petit docteur, car tout se jouera très vite et nous ne sommes pas sûrs de réussir.

— De toute façon, nous sommes condamnés à réussir car, dans l'état actuel de délabrement du Bulb, je crains que nous ne puissions supporter le passage dans l'hyperespace.

L'injection du K 20 avait commencé et déjà, dans ses conversations avec Gus, le Bulb marquait quelques hésitations. D'autre part l'encéphalogramme qui inscrivait, dans le cerveau du bébé garou, l'écriture mentale de l'animal de l'espace donnait également des signes de faiblesse. Les échanges avec ses congénères devenaient flous.

— Je rentre en agonie, lui répétait le Bulb sur son écran. Je suis bien, je ne souffre pas. C'est comme si je m'endormais mais je sais que cette fois je ne me réveillerai pas. Je regrette que vous n'ayez pu reconstituer toutes mes fonctions organiques. Je vous suis reconnaissant d'avoir essayé, d'avoir pris des risques énormes pour y parvenir, seulement ce n'était pas possible d'entreprendre une reconstruction anatomique à mon échelle. Vous êtes si petits, les Terriens. Si petits et pourtant si intelligents et si méchants quand vous le voulez. Jamais je ne pensais que de si petites gens me réduiraient en esclavage.

— Il existe dans notre littérature un ouvrage difficile à trouver depuis la glaciation, les *Aventures de Gulliver*. Ce Gulliver est fait prisonnier par des êtres tout petits, les Lilliputiens. Cela ressemble à votre histoire.

Gus s'arrêta de pianoter sur son clavier et attendit la réponse du Bulb. Elle n'arriva pas tout de suite et il eut le temps d'échanger quelques mots avec Isaie qui surveillait les opérations finales.

— Tout se passe bien. L'organisme accepte d'absorber ces énormes quantités de K 20. Je ne pensais pas y parvenir car ces hectolitres de produit m'effrayaient.

Le Bulb répondait :

— J'aurais aimé qu'on me lise cette histoire de votre Gulliver. J'ai bien aimé tous vos mythes et je me souviens très bien de celui de ce chevalier qui s'en allait combattre des moulins à vent. Je ne me souviens plus ce qu'était un chevalier ou les moulins à vent, mais j'aimais cette histoire. Il y en avait d'autres, comme celui de cette famille de géants qui dévoraient des quantités incroyables de nourriture. Ils étaient un peu comme moi.

— Gargantua, dit Gus. Il s'appelait Gargantua, mais je ne me souviens pas du nom des autres membres de la famille.

— Il y avait une bibliothèque importante à laquelle je pouvais faire appel. Dans les moments les plus difficiles de mon servage j'ai beaucoup lu. Enfin ce n'était pas tout à fait de la lecture bien entendu, mais enfin j'ai apprécié ces histoires.

Isaie désignait les cadrans et les encéphalogrammes qui surveillaient l'état de santé du Bulb. Toutes les indications commençaient de donner l'alarme, toutefois le docteur avait court-circuité les différents signaux lumineux et sonores. L'agonie du Bulb se déroulerait dans la plus grande simplicité, sans tintamarre ou éclairs inquiétants. Eux-mêmes se trouvaient profondément angoissés par cette mort qui venait lentement, qui dans moins de vingt-quatre heures aurait détruit les centres vitaux de l'animal. Bientôt son cerveau serait atteint et il ne pourrait plus envoyer de message sur l'écran cathodique ni communiquer avec les siens.

Dans le vide spatial, les Bulbs s'organisaient, paraissaient se rapprocher, se tenir prêts. Gus se demandait si leur assistance serait physique ou mentale. Il n'avait pas réussi à découvrir ce dernier point mais il faudrait faire vite. Il avait cru rester disponible, indifférent quand le gros animal de l'espace cesserait de vivre, mais une émotion profonde le submergeait, noyait sa lucidité et son esprit de décision. Isaie finit par s'en rendre compte et crut bon d'intervenir :

— Ce n'est pas le moment de flancher, mon vieux. Je sais très bien que c'est notre monde qui meurt, surtout le mien. J'y suis né et avant moi des générations de ma famille. Je n'ai même jamais su combien. Néanmoins il faut tenir le coup si nous voulons échapper au cataclysme. Car c'est un cataclysme beaucoup plus qu'une simple mort. Le Bulb va entraîner dans sa fin des milliers d'êtres vivants, que ce soient des monstres hideux, des primitifs, des animaux ou nous-mêmes.

Gus hocha la tête et cessa de regarder les paramètres. Il préféra vérifier le dispositif qui leur permettrait d'échapper à l'assistance du troupeau de Bulbs quand la mort serait là. Les animaux de l'espace possédaient-ils les moyens de connaître cet instant fatidique ou bien comptaient-ils sur leur instinct ?

— Tout va bien, répéta Isaie, et nous finirons par injecter toutes les quantités qui me paraissaient monstrueuses. Il n'a aucune chance d'en réchapper, désormais c'est irréversible. Nous sommes engagés dans la plus formidable lutte pour notre survie, mon vieux, et j'espère que ça va marcher.

— Il faut que ça marche, murmura Gus. Que je revoie la Terre au moment où elle se débarrasse de ses glaces.

CHAPITRE XXVI

Jdriele repartit deux jours plus tard avec une solide provision de nourriture et tirant le cadavre de Jdrien sur cette magnifique peau de loup rouge. Le chasseur de renne avait longuement suiffé cette peau pour qu'elle glisse parfaitement sur la glace, et de plus il accompagna le vieux Roux au-delà de la ligne des crêtes.

— Quand ton fils dormira à côté de sa mère, reviens vers moi, lui dit-il. Nous chasserons ensemble, et si ma bière te plaît nous en boirons quelques pintes ensemble.

— Je reviendrai, dit Jdriele.

C'était son plus cher désir. Il irait jusqu'au tombeau de Jdrou et, une fois là-bas si les autres Roux tardaient à se rassembler, il construirait de ses mains un deuxième tombeau où il déposerait Jdrien. Seulement alors il reviendrait vers son ami le chasseur pour finir sa vie.

Il ne pensait pas rencontrer beaucoup de tribus sur son chemin, puisque tous les Roux étaient désormais uniquement préoccupés par leur guerre contre les Hommes du Chaud. Pas des gens comme Almar, mais ceux qui tuaient les Roux et qui avaient assassiné Jdrien. Ils les rejetteraient loin de ces glaces et dès lors la vie des Roux serait tranquille et douce.

Il marcha donc sans trop espérer d'aide, cependant il parviendrait au but tout seul s'il le fallait. Ce qui l'effrayait le plus c'était la traversée des réseaux, mais son ami Almar l'avait rassuré en lui indiquant ceux qui étaient dangereux et ceux qui ne l'étaient pas. Il n'avait pas très bien compris pourquoi ces derniers ne devaient pas l'effrayer.

— Ils sont tellement hachés par les sabotages de tes amis que plus un train ne peut y circuler. Toutefois, tu te méfieras du troisième et du septième que tu trouveras sur ton chemin.

Là-haut dans le ciel, sans qu'il s'en doutât, des Hommes du Chaud veillaient sur sa sécurité, même la nuit. Au moyen d'appareils aux infrarouges, Liensun et son père surveillaient les parages des abris où Jdriele s'enfermait avec le corps de Jdrien pour échapper aux prédateurs. Dans la journée il y avait aussi les goélands, mais le vieillard avait fini par recouvrir le corps d'une couche de glace, ce qui accroissait le poids de sa charge mais déroutait les oiseaux.

— Ce vieillard n'arrivera jamais au but, disait Lien Rag. Il doit parcourir des milliers de kilomètres.

— Malgré son âge, il lui arrive d'abattre cent kilomètres en une seule journée, ce qui est déjà considérable. Bien sûr, les tribus en parcourent deux fois plus en temps ordinaire.

Jdriele observait une grande discipline. Il se levait bien avant l'aube, se nourrissait abondamment et s'en allait. Il tirait sa charge jusqu'au milieu du jour où il marquait une pause d'une heure environ pour se reposer et manger, reprenait ensuite jusqu'à la nuit. Il parvenait à trouver des abris convenables mais plusieurs fois il dut édifier un igloo pour se protéger du vent. Le dirigeable dut également fuir devant la tempête et le lendemain la trace de Jdriele s'avéra impossible à retrouver. Il leur fallut trois jours pour repérer le vieillard sur la glace. Il avait parcouru plus de distance qu'ils ne l'avaient estimé.

— Quel merveilleux bonhomme, disait le médecin de l'équipage. Il est amoindri, usé, et pourtant il continue avec un courage surprenant. Je me demande si son cœur résistera longtemps avec un effort aussi soutenu. Il y a au moins cent vingt kilos sur la peau de loup entre le poids du corps et celui de la glace protectrice.

— Nous pourrions lui offrir une protection en plastique transparent dur, mais il serait mécontent de voir que nous l'avons suivi.

— Il ne faiblit pas souvent, constatait Liensun, et le matin il a toujours bien récupéré.

— Son voyage risque de durer un mois, dit Lien Rag. Nous devons prendre une décision. Lorsqu'il aura traversé les différents réseaux qui vont se présenter à lui, il sera dans une région totalement déserte où les Hommes du Chaud ne vont jamais. Pour lui ce sera une grande sécurité mais d'autre part il sera seul, loin des siens, et s'il lui arrive un accident, un malaise, il mourra seul sur la banquise. Et en quelques jours, les loups et les rats feront disparaître leurs deux corps à jamais.

— Que proposes-tu ?

— De rentrer à Chiloe Station. Tu pourras repartir pour Lacustra City mais moi, avec un hydravion de la flotte d'Yeuse, je reviendrai ici. Chaque jour je le survolerai et puis nous irons nous poser quelque part en attendant le lendemain. On peut passer tout un mois ainsi puisque ces appareils sont très bien équipés. Nous dépenserons peu de carburant. Je tiens à ce que Jdriele réussisse sa dernière mission et que Jdrien repose auprès de sa mère.

Il en fut ainsi et, après un dernier survol du vieillard plié en deux sous le poids de la charge qu'il traînait, ils repartirent vers l'ouest et diffusèrent l'annonce de sa mort. Une annonce très sobre qui expliquait dans quelles circonstances le Messie des Roux, Jdrien, avait été abattu par les miliciens de la Guilde des Harponneurs. Son corps retrouvé par les siens avait été conduit dans un lieu secret auprès de sa mère la déesse Jdrou.

Lorsque le dirigeable descendit lentement sur l'aérodrome de Chiloe Station, le Kid et Yeuse se trouvaient là. Accablés, silencieux. Dans le monde entier la nouvelle sautait d'un relais radio à un autre, et l'opinion publique était bouleversée et indignée. Déjà on réclamait un juste châtiment contre la Guilde et son chef, le Caudillo Herandez. Ce dernier avait fait publier un démenti affirmant que Jdrien s'était enfui et était vivant.

Dans le train présidentiel de Yeuse, Liensun fit un récit détaillé des événements dramatiques et produisit les photographies prises depuis le dirigeable. Malgré la distance, elles étaient d'excellente qualité et l'on reconnaissait parfaitement le visage de Jdrien. D'autres photographies représentaient Jdriele tirant sa charge.

— Dans son mausolée transparent, il sera facile de reconnaître Jdrien. Les Hommes-Jonas peuvent témoigner de la sauvagerie avec laquelle les miliciens nous ont tiré dessus, et plus particulièrement sur mon frère. Ils avaient reçu l'ordre de le tuer certainement et y sont parvenus.

Depuis Radio Chiloe, Liensun s'adressa au monde entier, dans un message qui fut répercuté dans toutes les directions. Même les plus petits émetteurs eurent à cœur de diffuser la nouvelle et le Maréchal Sofi, de la Convention du Moratoire, fit une déclaration qui impressionna le monde entier. Il déclara que le Caudillo Herandez devrait comparaître devant une cour internationale pour crimes de guerre, que toutes les Compagnies devaient s'engager à ne plus entretenir avec lui des relations d'amitié, économiques ou militaires, et que les Harponneurs devaient être mis au ban de l'humanité. Ce message fit grand bruit et peu après Tharbin, du Consortium, décréta l'embargo sur le balenium et sur toutes les marchandises en provenance de l'Antarctique. Le même jour, Lien Rag s'envolait à bord d'un hydravion en compagnie du nouveau chef de l'aviation Jikano.

CHAPITRE XXVII

Au lieu de rentrer à Lacustra City, l'*Indépendance* remonta la côte ouest de la Panaméricaine tout du long, en direction de la scierie des îles de la Reine Charlotte. Au dernier moment, un message radio, retransmis par de petites stations côtières, avait donné l'alerte à Liensun. Il se méfiait beaucoup de ces retransmissions multiples car l'ampliation était de rigueur. Ce message avait été traité par une vingtaine de relais avant d'atteindre Chiloe Station, et l'on pouvait mettre en doute la véracité de son contenu, il restait tout de même un fond de vérité. Il préférait aller vérifier sur place quelle était la situation, d'autant plus que le télégramme était signé de Farnelle. Le dirigeable fit un nouveau plein dans l'île aux Phoques et Liensun put se rendre compte de la diminution apparente du troupeau d'éléphants de mer. Mais il ne put s'attarder sur place et le dirigeable, profitant de la queue d'un ouragan du sud, fonça vers le nord. La distance énorme demanderait près de quarante-huit heures de voyage. On ne pouvait pousser les moteurs à fond et la vitesse moyenne de deux cent cinquante, deux cent quatre-vingts kilomètres heure restait la plus souhaitable.

Tout au long de ce vol, ils captèrent de multiples émissions qui toutes parlaient de la mort du Messie des Roux qui avait été sacrifié par les Harponneurs. Les références au destin du fondateur de la religion chrétienne, Jésus-Christ, ne manquaient pas et irritaient Liensun qui savait que son frère n'avait jamais accepté de se considérer d'essence divine.

— Ces gens qui utilisent de petits émetteurs sont des rescapés du réchauffement, vivent dans des conditions difficiles et cette histoire de la mort de mon frère les passionne plus que leur propre destin.

— C'était un être d'exception que le monde entier connaissait. On n'aime pas les Roux, on les déteste, on les méprise, on n'hésite pas à les massacrer, mais la célébrité de celui qui les représentait était fantastique. On savait qu'il avait lutté pour les protéger, qu'il avait attaqué l'amibe Jelly, l'empêchant d'envahir la Compagnie de la Banquise. On avait écrit qu'il avait sauvé les baleines que la Guilde massacrait et, depuis qu'il était retenu en otage et menacé de mort, l'émotion était à son comble, et je crois que la Guilde est à jamais perdue dans l'esprit des gens. On ne pardonnera jamais à Herandez d'avoir tué votre frère. Quelles que soient les circonstances, c'est le Caudillo qui sera désigné comme l'assassin. Il a fait une erreur monumentale.

C'était son second qui parlait ainsi et tout l'équipage, qui avait assisté au dévouement du vieux Jdriele, restait encore sous le choc de ces images incroyables. Liensun, la nuit, songeait au vieillard qui jour après jour grignotait la distance qui le séparait du Mausolée de Jdrou perdu dans l'immensité de l'Antarctique.

En se rapprochant des îles de la Reine Charlotte, il put faire parvenir des télégrammes à Farnelle qui répondit au bout de quelques heures. Les îles avaient été attaquées par de petites vedettes rapides inconnues, qui devaient provenir de Djougrad. Elle n'en avait aucune preuve mais lors de sa dernière escale dans ce port elle avait aperçu plusieurs de ces bâtiments.

Liensun renvoya un télégramme pour avoir un premier bilan. Et elle répondit que quatre marins avaient été tués, six blessés, et que des bâtiments avaient été incendiés. Une vedette avait été coulée et une autre s'était embrochée sur un tronc d'arbre. On avait capturé l'équipage uniquement composé de Tchouktches, un peuple qui vivait au-delà du détroit de Béring et s'apparentait aux Esquimaux, mais conservait son identité propre. Pêcheurs et navigateurs depuis la nuit des temps, ils avaient continué à se déplacer sur des traîneaux à voile lorsque la banquise était devenue éternelle.

— Ils peuvent tout aussi bien être à la solde des Djougiens que des Sibériens ou du Consortium, conclut Liensun.

Au passage du cinquantième parallèle, il prit une décision aussi rapide qu'audacieuse et ordonna un changement de cap vers le nord-ouest.

— Cap au trois cent dix.

Le second accourut, surpris :

— Vous avez bien dit au trois cent dix?

— C'est cela même.

— Le pays de Djoug? La capitale?

— Vous avez tout compris, mon vieux.

— Le coup de China Voksal?

— Oui et non. Juste un survol. Il ne faut pas que Kayata le président s'estime hors d'atteinte.

— Nous disposons de bombes et de missiles mais en nombre limité.

— Je ne pense pas que nous ayons à nous en servir.

Ils s'en approchèrent au cours de la nuit et, réveillés, les habitants les découvrirent au-dessus de leur cité. En quelques heures la panique fut à son comble et sur les routes de planches les glisseurs, les charrettes à traction animale commencèrent à sortir de la ville, surchargés de voyageurs. Le port se vida et des milliers de gens furent en train de fuir la ville, se souvenant que China Voksal avait été bombardée de la sorte. Des hydravions l'avaient survolée longtemps avant de lâcher leurs charges explosives. Le radio vint prévenir Liensun que le président djougien voulait lui parler, mais d'un signe Liensun fit comprendre qu'il ne répondrait pas et peu après le dirigeable se dirigea vers l'est.

— Démonstration réussie, dit son second, mais lorsque nos bateaux se présenteront, quel sera l'accueil qu'on leur réservera?

— Nos bateaux ne se présenteront pas de quelque temps. J'en suis désolé pour notre ami l'ingénieur Pavakov, tant que Kayata sera à la tête de ce pays, il faudra éviter de commercer avec lui. Cet homme ne nous pardonne pas de n'avoir pas encore reçu son hydravion. Et nous ne sommes pas sur le point de satisfaire sa furieuse envie.

Lorsqu'ils s'ancrèrent non loin de la scierie, Farnelle était déjà au courant de cette démonstration au-dessus de Djougrad, et ne savait qu'en penser. Mais sa préoccupation la plus importante était d'en apprendre plus sur la mort de Jdrien, à laquelle elle ne parvenait pas à croire.

— Malheureusement elle est bien réelle, dit Liensun. Mon frère est en train de rejoindre sa dernière demeure là-bas dans le désert antarctique auprès de sa mère. Mon père est reparti en hydravion, voir si tout se passait bien pour Jdriele, le clone que tu as bien connu.

— C'est à bord de mon cargo *Princess* qu'ils me sont apparus tous les deux. Deux Roux loin de leur tribu. Je m'en méfiais et en plus ils savaient tout faire, connaissaient toutes les techniques humaines. Ils ont réparé ma vielle loco à vapeur, et je suis partie ensuite avec eux et mes deux fils. Nous avons traversé depuis ma Concession jusqu'au-delà de la Dépression Indienne pour nous rendre à Gravel Station. C'était fantastique, exaltant, dangereux, et nous étions sans argent. Il fallait constamment se débrouiller, ruser. Et j'avais mes deux enfants. Plus tard, l'un des deux est mort en même temps que Jdruke, le compagnon de Jdriele, dans des circonstances affreuses. Je n'ai jamais oublié Jdruke. Mais Jdriele me plaisait beaucoup également.

CHAPITRE XXVIII

Il dormait de plus en plus longtemps et ne mangeait plus assez pour entretenir les muscles de son corps. Les goélands se faisaient de plus en plus insolents et la veille il en avait découvert un qui, à coups de bec, était en train de creuser la glace qui protégeait le visage de Jdrien. Il ne s'en était pas rendu compte tout de suite, avait dû le traîner avec le cadavre durant plus d'une heure et l'oiseau maudit avait presque réussi à atteindre le visage de son fils. Il s'était littéralement battu avec lui et, finalement, avait saisi à deux mains son cou, avait serré jusqu'à ce que cette bête immonde meure. Et ils étaient des centaines à le survoler chaque jour.

Jdriele sentait qu'il lui faudrait le double du temps prévu pour rejoindre le mausolée de Jdrou. Raisonnablement, il aurait dû s'arrêter quelques jours dans un de ces abris naturels creusés dans les amas de congères. Deux à trois jours de repos et de la nourriture en abondance, et il serait reparti avec des forces nouvelles. Mais il ne se sentait pas autorisé à passer quelques jours immobile.

Il avait réussi à franchir les réseaux les plus dangereux en suivant les conseils de son ami le chasseur de rennes et en était très fier, très reconnaissant aussi envers Almar qui l'avait bien renseigné. Une fois Jdrien auprès de sa mère, il serait heureux de retourner finir ses jours auprès de cet homme.

Ce matin-là, il ne se sentait pas très bien et il se disait que sans la glace qui protégeait le corps de Jdrien des attaques des oiseaux, il aurait avancé avec moins de peine et plus vite, mais il aurait été imprudent de se débarrasser de cette carapace. Il s'arrêta un instant et regarda avec méfiance les oiseaux qui eux aussi venaient de se poser à moins de dix mètres de lui. Il les nargua en dévorant un bon morceau de renne puis repartit en tirant la peau du loup rouge. Celle-ci n'avait pas trop souffert d'être ainsi traînée sur la glace appesantie d'un poids important. Le chasseur de rennes l'avait soigneusement lubrifiée avec du suint et elle arriverait en bon état.

Et puis il aperçut la tribu. Une tribu qui savait que le Messie venait de mourir et qui cherchait à rejoindre Jdriele. Comment les Roux pouvaient-ils connaître la nouvelle, nul ne pourrait jamais l'expliquer, mais la petite tribu de douze à quinze personnes se trouva bientôt sur le passage de Jdriele.

— On va t'aider, dit une femme déjà âgée. Nous voulons aussi tirer notre Messie.

— C'est mon fils, répondit Jdriele, et je ne laisserai à personne le soin de le faire à ma place.

— Mais que pouvons-nous faire pour t'aider, vieil homme ? Tu es exténué et sur le point de t'écrouler face contre terre.

— Surveillez ces maudits goélands, empêchez-les de s'attaquer au cadavre de mon fils.

Et la tribu accepta ce travail très humble. Jdriele banda ses muscles pour donner à ceux-là l'impression qu'il avait encore un cœur de jeune homme, mais ils ne furent pas dupes. Ils jetaient des morceaux de glace aux goélands, criaient, et Jdriele trouvait que ce n'était plus la même chose. Il avait vécu seul avec son mort dans le silence absolu, sauf lorsque les goélands criaillaient, et désormais c'était un peu trop n'importe quoi et il allait y avoir d'autres tribus, puis encore d'autres et tous voudraient tirer le défunt.

— C'est une belle peau de loup que tu as trouvée pour lui, disait-on. Tu as tué le loup toi-même ?

Il faillit répondre oui, puis n'en eut pas le courage et parla de son ami le chasseur de rennes, Homme du Chaud. On l'écoutait sans vraiment le croire.

— Est-ce lui qui te suit avec cet oiseau géant qui vole très haut ? lui demanda-t-on un jour.

On lui montra cet oiseau très haut dans le ciel et qui paraissait immobile au-dessus d'eux.

— Ce n'est pas un goéland... On n'a jamais vu le même dans cette région.

Là-haut Lien Rag se rassurait depuis que Jdriele avait rencontré cette tribu, et bientôt il allait tomber sur une autre qui nomadisait à une journée de marche.

— Il ne laisse à personne le soin de tirer la peau de loup rouge, lui fit remarquer son pilote, le chef de l'aviation Jikano.

Lien Rag l'aimait bien. Ils survolaient le vieillard deux à trois fois par jour puis se posaient pour économiser l'huile, manger et dormir. Le lendemain matin, lorsqu'ils reprenaient l'air, Jdriele était souvent encore endormi.

— Il se fatigue mais, têtu, il continuera jusqu'à ce qu'il en meure.

— Il va devenir le héros de toutes les tribus. Elles vont abandonner la guerre contre la Guilde pendant un temps pour assister au dernier voyage de mon fils et à sa mise au tombeau.

Lorsqu'ils voulaient survoler Jdriele, le pilote coupait les moteurs et planait des heures durant, utilisant l'air chaud qui montait et qu'il appelait des ascendances. Il glissait de l'une à l'autre avec habileté et ne remettait les gaz qu'en toute dernière extrémité.

CHAPITRE XXIX

D'après Gus, le troupeau des Bulbs s'était rapproché de l'agonisant ; Isaie lui, disait que non, qu'ils paraissaient moins apathiques mais qu'il n'avaient pas bougé.

— Notre ami peut mettre plusieurs jours avant de mourir.

— Vous fierez-vous seulement à son encéphalogramme ?

— Certainement.

— Et s'il y a des interférences avec le cerveau artificiel, l'âme synthétique de ce satellite ?

— Nous parviendrons à les isoler.

Gus avait commuté tous les écrans encore alimentés par quelques caméras internes. Il essayait de découvrir les réactions des nombreux habitants du S.A.S., que ce soit parmi les animaux, les garous ou les humains retournés à la vie primitive. Il y avait aussi les plantes extraordinaires, nées d'une flore intestinale qui avait survécu à la disparition des fonctions digestives et d'assimilation. Une flore dangereuse dans certains coins. Gus se souvenait de plantes qui paraissaient posséder des doigts et qui piégeaient les rats, les dépouillaient et s'en nourrissaient. Des centaines de squelettes de rats étaient accrochés comme autant de pantins à ses frondaisons.

— Nous allons subir un refroidissement général. La pesanteur peut également disparaître. Lorsque je suis arrivé dans ce satellite pour la première fois, l'ordinateur, déréglé, était fou, et les climats les plus opposés, les plus excessifs se succédaient. Il pouvait y avoir une tempête de neige et un froid mortel le matin, et une chaleur tropicale l'après-midi. Et pour supporter tout ça on se retrouvait cloué au sol par une formidable gravité, ou bien en train de flotter du côté du plafond.

— Je m'en souviens, disait Isaie. Le père Faro a connu alors sa grande gloire car les gens se réfugiaient vers lui pour échapper à ces bouleversements effrayants.

Doucement, très doucement, le Bulb se mourait, si l'on s'en référait à tous les indicateurs branchés sur son immense organisme. Le cerveau perdait de sa vivacité, les réactions dans ses parties lointaines se faisaient rares. L'influx nerveux avait des défaillances et tous ses circuits se paralysaient. Ceci entraînait certains inconvénients et Grathe vint les prévenir que l'eau avait des baisses de pression. Le système de recyclage ne fonctionnait plus que par à-coups.

— Le générateur nucléaire ne prendra pas automatiquement le relais, expliqua Gus, car depuis longtemps le délicat système est endommagé. Commencez de regrouper les combinaisons isothermes et tout ce qui pourra devenir nécessaire pour notre survie.

— Croyez-vous que nous pourrons continuer à aller et venir dans notre niveau qui est quand même fort étendu et occupe un grand volume ? Ne faudrait-il pas se cantonner à cette salle de contrôle d'où nous pouvons tout surveiller jusqu'au bout ?

Gus y avait déjà réfléchi, mais la pensée que cet endroit pourrait être transformé en dortoir commun et en cantine l'horripilait. Il fallait que la salle de contrôle reste à l'abri de ce désordre et de cette crasse qui n'allait pas tarder à tout envahir. Par exemple si l'eau manquait et que l'agonie se prolonge de plusieurs jours, l'hygiène générale deviendrait inexistante.

— Nous pouvons encore attendre un peu.

— Regardez cet écran qui vient de s'allumer ; je ne l'ai jamais vu ainsi activé... Il faut le régler.

Ils se rendirent compte qu'il avait certainement toujours fonctionné mais qu'un maladroit avait complètement déréglé les images.

— C'est une caméra des confins... Du côté des cryos... On aperçoit les carcasses de saus...

Des carcasses énormes destinées à l'alimentation du Bulb. Les cryos contenaient de la nourriture pour encore quelques dizaines de siècles. Gus, en compagnie de Lien Rag, les avait explorés.

— Rien à craindre de ce côté-là puisque le froid absolu est fourni par la température extérieure.

— C'est curieux que cet écran ait été occulté depuis si longtemps.

— C'est peut-être nous qui avons fait une fausse manœuvre. Lorsque j'ai pénétré ici pour la première fois, j'étais éperdu, incapable de comprendre quoi que ce soit à tout ce matériel et j'ai procédé par tâtonnements. Il est même possible que j'aie à jamais détruit des appareils par mon inexpérience ou fait disparaître des indications primordiales.

D'autres écrans s'éclairaient et l'on pouvait apercevoir quelques garous dans les cages d'ascenseur, en train de grimper dans les entretoises comme des singes. Des garous de mouton surtout, dotés de mains, d'autres de cochon qui avaient plus de mal à suivre.

— Ils ont l'air de quitter les bas-fonds.

— Il n'y a pas de bas-fonds... Juste des endroits où la gravité, l'oxygénation sont plus poussives.

— Regardez, une famille de primitifs.

On apercevait deux femmes effrayantes de laideur, un homme prognathe et quelques enfants qui avaient l'air de marcher à quatre pattes malgré leur âge avancé. Ils étaient tous recouverts de boue séchée ou de crasse, il était difficile de le savoir.

— Il doit se passer des choses graves là où ils étaient. Ceux-là ne quittaient jamais leur bauge... Ils y trouvaient un abri et de la nourriture sous forme de petits animaux amphibies.

Grathe leur apporta de quoi manger. Il s'était débrouillé pour leur faire un bon repas et paraissait très fier d'y être parvenu.

— Et le père Faro, que devient-il?

Seule la grande tente apparaissait sur l'écran, une tente qui ressemblait plutôt à une yourte de Mongols. Toute la secte avait dû se réfugier à l'intérieur.

— Ils doivent se douter de quelque chose. Il y avait un point d'eau à proximité et un distributeur de tablettes protéinées. Sans quoi ils ne seraient jamais restés dans ce coin.

Les distributeurs de ces tablettes poursuivaient leur fabrication depuis des âges immémoriaux, et Gus avait toujours eu des doutes inquiets sur la matière de base de ces galettes. Il n'avait jamais essayé de savoir quels circuits elles empruntaient pour se présenter sous forme de carrés assez plats, ni comment elles arrivaient aux distributeurs.

— Mais qu'est ceci? s'exclama Isaie en désignant l'écran qui surveillait les cryo-magasins.

Gus regarda les cercles concentriques de couleurs différentes et se souvint d'avoir, au début de son séjour dans le satellite, aperçu à plusieurs reprises ce même phénomène.

— On dirait un œil monstrueux, dit Grathe, la voix étranglée.

C'était bien un œil. Gus avait toujours pensé que le possesseur de cet œil gîtait quelque part dans l'immensité des cryo-magasins.

CHAPITRE XXX

Les tribus de Roux devenaient plus nombreuses au fur et à mesure que Jdriele s'enfonçait dans les étendues désertiques. La veille, ils étaient quelques dizaines, mais ce jour-là Lien Rag découvrit plusieurs centaines de Roux qui formaient une haie le long du trajet que le vieil homme, tirant sa charge, emprunterait le lendemain ou le surlendemain.

— Ils s'installent comme au spectacle. Je me souviens de compétitions de base-ball sur patins à glace où les gens arrivaient longtemps à l'avance pour acclamer les loco-cars amenant les champions.

— Et ce vieux fou qui s'obstine à refuser l'aide de ces hommes jeunes.

— Il a peur de ne pas pouvoir suivre, d'être une nouvelle fois semé par toutes ces tribus et de se retrouver seul sur la glace.

Lien Rag fut frappé par la justesse de cette explication :

— Vous avez certainement raison, et je n'y avais pas songé. Il tient à aller jusqu'au bout et je pense que la présence de tous ces Roux doit tout de même l'encourager.

L'hydravion descendait en vol silencieux et circulaire au-dessus de la petite silhouette qui avançait tranquillement sur la glace. L'avant-veille, une forte tempête avait obligé Jdriele à s'abriter dans un igloo que lui avait édifié une tribu. Il avait dormi en compagnie du cadavre de Jdrien.

— Nous devrons prochainement trouver de l'huile, annonça Jikano. Il nous faudra rallier la mer de Davis et rechercher une colonie de phoques. Nous aurons bien toute une journée de travail pour remplir nos réservoirs.

— Demain, si vous voulez, répondit Lien Rag.

Mais ils cherchèrent la colonie de phoques le même soir pour se trouver à pied d'œuvre au jour. Ils jetèrent leur dévolu sur une cinquantaine d'animaux bien gras qui se prélassaient sur une plage de glace.

Comme prévu, ce fut une journée épuisante. Ils abattirent trois vieux mâles, les tronçonnèrent aussitôt en morceaux qu'ils jetaient dans la chaudière. Ils avaient plusieurs marmites pour ce faire, et tandis que l'une chauffait, il fallait refroidir l'autre assez vite pour que l'huile se fige à la surface. On recueillait cette sorte de gelée comme on pouvait pour en remplir les réservoirs, en évitant cependant que la moindre goutte d'eau s'y trouve mêlée. Les ratés des moteurs pouvaient provoquer des catastrophes. De plus l'eau gelait dans les injecteurs et pouvait empêcher toute la circulation du carburant.

C'était la nuit quand le plein fut enfin réalisé, et ils n'eurent même pas le courage de manger, juste celui de se doucher longuement à l'eau bouillante pour éliminer la graisse et surtout l'odeur. Toute la journée ils avaient été assaillis par des goélands que la tripaille des animaux n'avait pas rassasiés, et qui venaient essayer de voler des morceaux dans les chaudières. Dans la nuit ce serait le tour des rats, voire des loups qui pouvaient surgir de n'importe où, à n'importe quel moment.

L'appareil quitta le bord de mer à l'aube et piqua vers le sud-est pour retrouver la silhouette menue de Jdriele, et désormais une longue théorie de Roux marquait d'un trait sombre la route future de l'homme.

— Il y en a sur au moins cent kilomètres, s'étonna Jikano. Ils arrivent de partout.

— Ils forment la haie, et quand le cadavre du Messie est passé, ils se précipitent en aval pour reprendre place à nouveau.

Le vieil homme marchait de plus en plus lentement et s'arrêtait souvent.

— Il devrait se faire aider par des vieux comme lui qui ne le distanceront pas.

Ils parvenaient à capter différents émetteurs et la plupart continuaient à se montrer virulents contre le Caudillo Herandez et la Guilde des Harponneurs. Une radio africanienne, par exemple, appelait constamment au boycott du balenium tant que la Guilde resterait au pouvoir en Antarctique. Il y avait aussi Radio Chiloe qui se faisait entendre et diffusait à longueur de journée des commentaires sur la mort du Messie des Roux. Mais il n'y avait aucune information plus détaillée, aucun reportage sur la fin de Jdrien, et Lien Rag pensa qu'il était temps qu'il donne quelques précisions, maintenant que la Guilde ne pouvait plus se lancer à la poursuite de Jdriele et de son désolant fardeau.

— Vous croyez qu'ils n'utiliseront pas d'autres moyens ? lui demanda Jikano. Ils disposent de véhicules pouvant rouler sur la glace, d'après votre fils Liensun.

— Oui, mais ils n'ont pas une assez grande autonomie pour parcourir de telles distances. Ils auraient pu les transporter beaucoup plus près si les réseaux avaient été en état.

La Guilde se défendait comme elle le pouvait contre l'indignation générale. Elle avait fini par reconnaître que Jdrien avait voulu s'évader, mais que s'il était mort c'était à la suite d'un accident dont le Caudillo Herandez ne pouvait être tenu pour responsable. Le garçon serait tombé d'une grande hauteur alors qu'on le treuillait hors du compartiment où il était hébergé par la Guilde.

— Hébergé ! s'indigna Liea Rag. Ils ne veulent pas reconnaître qu'ils l'avaient condamné à être pendu… Et ils avaient annoncé cette sentence comme un défi au monde entier. Ça ne les gêne pas de raconter désormais une autre version de l'affaire. Ils s'imaginent que les habitants de cette Terre sont aussi dépourvus de sens critique que les gens qui les entourent et sont rendus idiots par leur fanatisme.

Parfois l'hydravion était découvert par les Roux qui le signalaient à Jdriele, mais le vieil homme ne levait même plus la tête et s'arc-boutait pour poursuivre sa tâchc. Il n'avait plus besoin de recouvrir le corps de Jdrien avec de la glace car les goélands n'osaient plus plonger pour attaquer son visage de leurs becs acérés. Cependant la charge restait lourde. Les poils de loup rouge devaient s'user et c'était la peau nue qui était en contact avec la glace. On lui avait proposé une autre peau de loup, argenté, mais il l'avait refusée en silence. C'était le cadeau de son ami le chasseur de rennes et il y tenait beaucoup.

— Il en a encore pour pas mal de temps, disait Jikano à son compagnon. Dans les quinze jours. Nous pourrions regagner Chiloe Sation et revenir dans une semaine? Jdriele est en sécurité désormais, et même s'ils le pouvaient, les Harponneurs ne les attaqueraient pas. Il y a des milliers de Roux accourus sur le chemin que le vieil homme va emprunter et ils lui feront escorte jusqu'au bout.

Lien Rag aurait aimé accompagner lui aussi son fils tout au long de ce lent voyage vers son mausolée, mais le pilote avait raison. Son appareil tenait l'air depuis trop longtemps et avait certainement besoin d'une révision.

— Un dernier survol et vous pourrez reprendre le chemin du retour. Si tout va bien, nous serons là-bas dans une douzaine d'heures.

CHAPITRE XXXI

Depuis son retour à Titan, le Kid déployait une activité intense. Il avait ordonné que ses ateliers d'armements produisent trente pour cent de plus de bombes pour les hydravions et les dirigeables, et de là il s'était rendu à Lacustra City pour discuter avec Ann Suba.

— Je veux disposer de douze hydravions le plus rapidement possible.

— Voyons, président, c'est impossible. Nous en avons en commande et avec des pénalités d'astreinte si nous dépassons les délais de livraison.

— Je paierai les pénalités; je veux douze hydravions et six dirigeables.

— Nous ne pourrons jamais en aligner six mais cinq, et vous le savez bien. Les ateliers de China Voksal ont été bombardés et...

— Le Consortium avait des ateliers à Tsing Voksal, son terminal portuaire et ferroviaire. Ils sortent à nouveau des appareils plus petits mais plus rapides et avec une grande autonomie.

— Ils ne nous en vendront pas.

— Il faut que je trouve une Compagnie qui fasse les transactions pour nous.

— Président Kid, nous nous vengerons un jour du Caudillo Herandez, mais pourquoi tant de précipitation?

— Je veux l'écraser, réduire ses installations en

cendres. Leadership, le complexe baleinier, le terminal de la terre de Graham, tout ce que nous apercevrons dans nos appareils de visée, tout sera détruit et nous n'arrêterons les bombardements que lorsque cet assassin nous sera livré.

Liensun qui arrivait du S.I.R.C. parut beaucoup plus réticent que ne l'espérait le Kid pour recommencer une guerre contre la Guildc.

— Nous sacrifions notre développement à vouloir détruire la Guilde. Lacustra City est bien repartie puisque nous avons dépassé les quatre cent mille mètres carrés et ce n'est pas le moment de freiner les chantiers. Les hydravions que nous utiliserons pour ces missions destructrices ne pourront pas être vendus, et c'est autant de manque à gagner. De même pour l'utilisation de nos dirigeables. J'en ai besoin ici pour les chantiers et aussi pour protéger le S.I.R.C. qui se trouve menacé par le pays de Djoug. Il faut que j'en détache un là-bas ainsi que deux hydravions. Il n'y a pas urgence à régler son compte au Caudillo puisque nous le ferons un jour.

— Le châtiment doit être immédiat, répondit le Kid. Jdrien était mon fils, adoptif certes, mais mon fils tout de même, et il fut un temps où j'espérais qu'il me succéderait à la tête de la Compagnie de la Banquise. J'avais fait de cette Compagnie un endroit où les Roux étaient les bienvenus, où ils n'étaient pas maltraités. Il y avait eu quelques bavures, toutefois je veillais à ce qu'elles soient sévèrement réprimées. Mon train présidentiel porte toujours trois griffes d'or sur le blanc de sa peinture pour proclamer que notre population est mixte.

— Il n'y a plus de Roux sur nos territoires que ce soit à Titan, ici ou en Nemicie.

— Mais je reste fidèle à cet idéal et à Jdrien. Je ne peux supporter la pensée que son assassin est en vie, protégé par ses Harponneurs, acclamé comme un héros par des fanatiques.

— Le monde entier a condamné le Caudillo, même

des gens qui n'ont jamais aimé les Roux. Nous bénéficions de l'assentiment et de la bienveillance de l'opinion publique de nombreuses Compagnies. Il ne faut pas gâcher tout ça par un réflexe aussi brutal qu'irréfléchi.

— Les gens applaudiront quand le Caudillo sera déchu.

— Vous allez bombarder des stations, tuer des innocents, des gens qui sont contraints de travailler sous la menace des armes tenues par les Harponneurs. Ces gens sont d'anciens habitants de l'Antarctique, des colons, des Panaméricains et aussi des Banquisiens qui ont fui votre Compagnie quand la banquise a commencé de se disloquer. Il y a deux millions d'innocents là-bas pour une centaine de milliers de fanatiques et de sanguinaires. Vous ne pouvez entreprendre la destruction totale de cette ancienne Province.

— Tu raisonnes trop, dit le Kid, et cela m'étonne. Quand tu as décidé de bombarder China Voksal, tu ne t'es pas posé autant de questions et les sentiments moraux ne t'ont guère retenu. Des innocents sont morts dans cette station, deux ou trois mille, dit-on.

— Nous devions le faire, vous le savez. Tharbin avait déjà fait au-dessus de nos têtes une démonstration de force et il allait revenir parce que dans China Voksal on saluait cette fanfaronnade comme un haut fait de guerre, une victoire. Tharbin, grisé par les acclamations qui montaient vers lui, ne pouvait en rester là. Je n'ai fait que prendre les devants.

— La mort de ton frère te laisse donc le cœur sec?

— Croyez-vous que je serais allé à Leadership Station pour le sauver, en prenant tous les risques en compagnie des Hommes-Jonas qui y ont perdu leur baleine? J'ai même été blessé légèrement et je ne me suis jamais pardonné d'avoir échoué.

— La vérité, dit Le Kid hors de lui, c'est que tu ne l'as jamais aimé, que tu étais jaloux de l'affection que son père, Yeuse, moi, enfin tout le monde lui porte. Tu ne l'as jamais admis.

CHAPITRE XXXII

Ils s'alignaient à perte de vue, ne laissant qu'un passage si étroit qu'un homme couché de tout son long aurait à peine pu tenir. Ils arrivaient de partout. Certains marchaient depuis longtemps comme lui. L'annonce de la mort du Messie s'était propagée assez vite dans toute l'Antarctique, et pourtant il n'en avait parlé à personne, sauf à ce chasseur de rennes. Jdriele sentait ses forces l'abandonner mais il approchait du but. Il pouvait désormais compter sur les seuls doigts d'une main le nombre de jours qui lui restaient à marcher ainsi en traînant le corps de Jdrien. Au début, tous voulaient le faire à sa place, s'emparer des deux pattes de la peau de loup rouge qu'il tenait à deux mains pour tirer sa charge. Ce loup rouge qui parfois était le nom d'un de leur dieu, comme celui de Oun Fouge ou de la loche rouge, un poisson mythique que peu de gens avaient vu. Les Roux sur son passage le félicitaient pour cette peau de loup et il remerciait Almar de la lui avoir donnée. Il aurait souhaité le faire de vive voix en retournant auprès de lui vivre les derniers jours de sa vieillesse, mais depuis quelques jours il savait que ce n'était guère probable. Il était bien fatigué et aurait besoin d'un long, très long repos, peut-être de ce long repos qui rendait le visage de Jdrien si paisible désormais.

Des enfants lui tendaient des morceaux de foie ou de cœur de phoque, de petites barres de sel, mais il ne prenait rien. Il ne mangeait que lorsqu'il s'arrêtait. Alors tous les Roux formaient un grand cercle autour de lui et de la dépouille du Messie et veillaient toute la nuit sur son sommeil. Longtemps un oiseau énorme, fabriqué par les Hommes du Chaud, l'avait survolé, mais depuis quelques jours il avait disparu du ciel. C'était en marchant ainsi dans une extrême fatigue que l'esprit de Jdriele avait retrouvé certaines scènes de son passé. Il savait qu'il n'avait pas toujours vécu sur cette terre et qu'il n'y avait guère de temps qu'il s'y trouvait. Il se souvenait d'un compagnon qui s'appelait Jdruke. Ce garçon du Chaud descendu de son monstre volant lui avait dit ce nom, et à présent il savait qu'il disait vrai. Ils avaient marché dans de grandes étendues, puis avaient rencontré une femme qui possédait un de ces monstres qui courait si vite sur les traits, avec beaucoup de fumée. Ils avaient passé beaucoup de temps avec elle et il aurait aimé la revoir. Comme il aurait aimé revoir Almar, le chasseur de rennes. Cette femme était comme lui prête à offrir son amitié à un Roux.

Le quatrième matin avant l'arrivée, il crut qu'il ne parviendrait pas à se lever et il ne réussit qu'à se mettre à quatre pattes au centre d'un cercle de deux à trois mille personnes, abattu. Il crut qu'il ne pourrait pas se lever et repartir.

Une femme déjà âgée sortit du cercle et s'approcha de lui. De sa poche tissée avec ses poils accrochée à son côté elle sortit de la graisse de lièvre des glaces et commença de masser Jdriele avec. Elle s'obstina pendant une heure, jusqu'à ce qu'il sente que ses articulations se dégelaient et qu'il pouvait se dresser sur ses jambes. Il mangea un peu, saisit les deux pattes de la fourrure de loup et commença de tirer. Il marcha jusqu'au milieu de la journée, ne s'arrêta que quelques instants pour avaler un peu de viande de renne et de la graisse. Il repartit peu après et continua jusqu'à la nuit.

Les Roux dans cette région avaient allumé du feu pour

le guider et pour qu'on y voie un peu dans cette nuit épaisse. Il avait largement dépassé l'heure à laquelle il s'arrêtait pour la nuit d'ordinaire. Il apprécia la lumière du feu et la présence de ces milliers de Roux assis dans un grand cercle épais de plusieurs rangs. Jamais un vieux n'avait été entouré de tant de respect, pensa-t-il avec fierté.

Avant de s'endormir, il essaya de conjurer sa peur de ne pouvoir aller jusqu'au bout. La vie le quittait peu à peu et il ne retournerait jamais vers le chasseur de rennes qui l'attendrait en vain, à moins qu'un jour une tribu passant à côté de chez lui ne lui explique pourquoi il n'était jamais revenu.

Ce troisième jour avant le but, fut le plus difficile, car la piste se faufilait dans une dédale compliqué de congères. Les Roux qui formaient la haie devaient le plus souvent se hisser sur les blocs de glace ou essayer de se caser entre eux. La pente était assez forte et il dut s'arrêter plusieurs fois pour reprendre son souffle. Les pattes du loup rouge avaient perdu leurs poils, n'étaient plus que deux sortes de tendons très durs qui lui sciaient la paume de ses mains.

Il arriva néanmoins au bout de ses peines quand, un peu avant la nuit, il sortit enfin de cette zone tourmentée et commença de dévaler une pente. Il n'avait plus besoin de tirer le cadavre, une légère secousse et la peau glissait merveilleusement bien, l'entraînant même quelquefois.

Deux jours, plus que deux jours encore, et ce serait fini. D'autres avaient déjà construit le mausolée de Jdrien juste à côté de sa mère. On le lui annonçait et il en était heureux. Il n'aurait jamais trouvé l'énergie de le faire seul. Lorsqu'il avait décidé de ramener le corps du Messie jusque-là, il n'imaginait pas que les tribus abandonneraient leur guerre pour l'entourer.

Le matin du dernier jour, il se leva avant l'aube, surprenant tout le monde. Il mangea très peu et s'attela tout de suite à la fourrure.

CHAPITRE XXXIII

Une première fois, Isaie crut que c'était la fin, car les paramètres devenaient significatifs et l'encéphalogramme lui-même n'était plus celui d'un cerveau en pleine activité, ni même en état de sommeil.

Une dernière fois le Bulb avait essayé de parler à Gus. Quelques lettres éparses étaient apparues sur son écran, mais Gus n'avait pas réussi à imaginer le mot qu'elles auraient pu représenter une fois correctement assemblées.

— Combien ? demanda-t-il à voix basse au petit docteur.

Ce dernier soupira :

— Je ne peux me prononcer, il y a une légère reprise de l'activité cérébrale. Rien de bien important, cependant elle peut se prolonger quelque temps.

Grathe, impressionné par la mort prochaine du satellite et aussi par la présence de cet œil gigantesque sur l'écran des cryo-magasins, n'osait plus bouger ni parler. Visiblement en proie à une folle panique, il regardait parfois vers la porte comme s'il méditait de s'enfuir.

— Vous croyez qu'il est encore là ?

Gus, préoccupé par des détails de dernière minute, lui demanda de quoi il voulait parler.

— L'œil.

— Regarde.

— Je n'ose pas.

Gus vint commuter l'écran mais l'œil avait disparu et l'on pouvait voir les énormes carcasses de saus congelés.

— C'est peut-être une illusion d'optique, un reflet irisé.

— Vous ne le croyez pas vous-même, alors n'essayez pas de m'en persuader, dit le garçon qui éteignit l'écran.

Isaie se penchait sur tous les indicateurs de mesure et notait chaque ralentissement des fonctions vitales sur une fiche. Les diagrammes en plusieurs teintes avaient tous la même tendance à s'infléchir vers le zéro, pourtant il y avait une sorte de stabilisation depuis une heure environ.

— Grathe, tu sais que tu as une mission bien précise à accomplir.

— Oui..., je sais.

— Eloigne-toi de cet écran et oublie ce que tu as vu pour ne penser qu'aux boosters, car c'est d'eux que dépendra notre survie.

Gus alla examiner le cerveau d'un bébé garou qu'il maintenait en survie pour enregistrer l'écriture mentale du Bulb, cette forme de dialogue télépathique qu'il entretenait avec les siens.

Les siens, cette douzaine de Bulbs énormes, s'étaient rapprochés et, cette fois, le petit docteur dut en convenir. Allaient-ils, lorsque la mort serait déclarée, se précipiter pour maintenir artificiellement le Bulb en orbite? Gus n'avait jamais pu élucider la façon dont ils s'y prendraient, mais il pensait que tout de suite commencerait le voyage de retour dans l'hyperespace.

— Pour l'instant, son état est stationnaire, annonça Isaie qui alla vérifier si les injections de K 20 se poursuivaient normalement.

Il ne restait plus beaucoup de cette substance, et si le Bulb n'en mourait pas, ils ne pourraient jamais recommencer le suicide de l'animal ou son euthanasie.

— J'ai soif, dit Gus. Je vais chercher quelque chose à boire.

— Non! cria Grathe. Je vous en prie, ne partez pas. Il ne faut pas nous séparer en un tel moment, restons ensemble.

— Gus peut aller chercher de quoi boire, dit Isaie avec douceur, je pense que le Bulb ne mourra pas durant sa courte absence.

Gus hésitait, mais il se décida à franchir la porte, revint très vite et comprit que la fin était proche car Isaie était blanc comme un linge et regardait l'encéphalogramme d'un air halluciné.

— La mort est là et c'est la même que pour nous autres les humains. Peut-être la seule chose universelle dans le temps et l'espace.

— Vous ne trouvez pas qu'il fait froid d'un seul coup ? chuchota Grathe. Je suis sûr que la température vient de dégringoler.

Il voulut se déplacer pour consulter un thermomètre mais les lumières commencèrent de clignoter et avec un cri il reprit sa place.

— Attention, prévint Gus. Quelles que soient les circonstances, qu'il fasse nuit ou qu'une lumière éblouissante nous inonde, qu'il gèle ou qu'on étouffe, tu n'oublieras pas de mettre le feu aux boosters. Tu m'as bien compris ?

Grathe claquait trop fort des dents pour pouvoir répondre de façon intelligible, mais il inclina plusieurs fois la tête. Isaie se penchait de plus en plus vers son diagramme, et cette fois les diverses lignes de couleurs se rejoignaient peu à peu, la dernière à hésiter encore étant celle de l'encéphalogramme.

— Nous approchons de la fin, murmura-t-il. Croyez-vous vraiment que nous avons une seule chance, une seule ?

Gus fut incapable de répondre. Dans cette immense salle de contrôle la solennité du moment lui apparut soudain. Les lumières s'éteignirent puis se rallumèrent pour brûler avec une intensité éblouissante, puis ce fut une sorte de crépuscule et Gus annonça dans un souffle :

— Le Bulb est mort.

CHAPITRE XXXIV

En larges cercles concentriques et silencieux, Jikano avait pu survoler la scène à faible altitude, sans perturber la cérémonie toute simple de la mise au tombeau de Jdrien. Il était tout à côté de sa mère, dans un bloc de glace faite d'une eau si pure qu'elle ressemblait à du verre. Le couvercle avait été préparé à l'avance et les Roux étaient en train de le sceller en utilisant un peu sel fondu pour le coller à l'autre partie.

Dans l'hydravion, outre Jikano ils étaient trois : Lien Rag, Yeuse et le Kid. Yeuse avait emporté des fleurs mais ne savait quand elle pourrait les déposer sur le mausolée ni si elle devait le faire.

La masse grouillante des Roux — ils étaient entre vingt et trente mille, mais d'autres arrivés des confins de l'Antarctique —, la masse s'écartait lentement, formait une immense couronne large d'un kilomètre au moins.

— Les enfants sont devant, ils se faufilent mieux pour prendre les meilleurs places, murmura Yeuse.

Maintenant que les Roux avaient dégagé les deux mausolées, ils découvraient le corps recroquevillé au pied de celui de Jdrien.

— C'est Jdriele, dit Lien Rag. Il est exténué et n'en peut plus.

— Voulez-vous que j'atterrisse? demanda Jikano.

— Non, pas tout de suite.

— Il va falloir que je relance mes moteurs pour

reprendre de l'altitude, sinon je serai obligé de me poser au petit bonheur la chance.

— C'est bon, dit Lien Rag, volez un peu plus loin et relancez les moteurs.

Lorsqu'ils purent revenir un quart d'heure plus tard, Jdriele était toujours à la même place et ne bougeait plus. Dans les appareils optiques Lien Rag essaya de voir si son dos se soulevait en respirant mais n'y parvint pas.

— Pourquoi ne cherchent-ils pas à le relever? demanda Yeuse. Ils ne peuvent pas le laisser ainsi ce pauvre homme.

— Je crois qu'il est mort, dit le Kid.

— Oui, dit Jikano, je le pense aussi. J'ai ici une sorte de lunette très puissante et je vois que cet homme ne respire plus du tout.

Lorsqu'ils repassèrent la fois suivante, deux femmes, sorties de la couronne humaine, étaient en train de soulever Jdriele, mais il était déjà raidi par le froid. Elles ne surent d'abord qu'en faire puis le déposèrent à la droite de Jdrien, sa mère se trouvant à gauche.

— Elles ont décidé ce qui convenait le mieux, chuchota Lien Rag. C'est très bien ainsi.

Plus tard, l'hydravion atterrirait à proximité et ils pourraient effectuer à pied la courte distance qui les séparerait des trois tombeaux.

FIN

Cet ouvrage a été composé par EUROCOMPOSITION
à 92310 Sèvres, France
et achevé d'imprimer en octobre 1991
sur les presses de Cox & Wyman Ltd.
à Reading (Berkshire)

Dépôt légal : novembre 1991
Imprimé en Angleterre